连翘小姐的桃花劫

（上）

古刹 GUSHA 著

吉林出版集团 | 吉林摄影出版社

· 长春 ·

图书在版编目（CIP）数据

连翘小姐的桃花“劫”.上/古刹著.—长春:吉林摄影出版社,2012.10

ISBN 978-7-5498-1392-6

Ⅰ.①连… Ⅱ.①古… Ⅲ.①长篇小说-中国-当代Ⅳ.①I247.5

中国版本图书馆CIP数据核字(2012)第232475号

连翘小姐的桃花“劫”（上）

LianQiao XiaoJie De TaoHuaJie （Shang）

著　　者　古　刹
出 版 人　孙洪军
顾　　问　杜　务
主　　编　张　弘
责任编辑　尹成佳　李双双
图书统筹　张　星
绘　　图　高　珊
书籍装帧　胡静梅
美术编辑　夏　冬
开　　本　787mm×1092mm　1/32
字　　数　104千字
印　　张　6.5
版　　次　2012年10月第1版
印　　次　2012年10月第1次印刷

出　　版　吉林出版集团
　　　　　吉林摄影出版社
发　　行　吉林摄影出版社
地　　址　长春市泰来街1825号
　　　　　邮编：130062
电　　话　总编办：0431-86012616
　　　　　发行科：0431-86012602
网　　址　www.jlsycbs.cn
经　　销　全国各地新华书店
印　　刷　北京兆成印刷有限责任公司

书　　号　ISBN 978-7-5498-1392-6　　　　定　价：18.90元

[目 录]

CONTENTS

Chapter 第一章
邂逅妙缘

缘，妙不可言，有时候往往一瞬就注定了永恒……

香港Water（水）咖啡厅。

连翘半个身子都趴在了桌面上，精致的长相如同洋娃娃，奶油般白嫩的肌肤映衬着花瓣般樱红的唇。窗外的天色变得暗沉，时间一分一秒地流走，直到包房的门被一个跟她年龄相仿的女孩打开！

“连翘！天哪，你真的还在这儿！”女孩儿看见熟悉的身影后顿时松了口气，靠在门边尖叫道。

连翘抬起头，看了看窗外的天色：“咦？这么快就天黑了！”她大大地打了一个哈欠，站起身来在原地蹦了两下。

“连翘，你都出来一天了，还在这做什么嘛？”女孩子走上前拉住她蹦跳的身子问。

连翘，出自《神农本草经》，本是中药名，有清热解毒之效，而眼前这位连翘，本名Kuching，用马来亚语翻译过来则为“猫”的意思。

她二十岁，中国香港大学医学院研究生在读。二分之一马来血统、二分之一华裔血统，典型的混血美女，自小便对中国文化感兴趣，尤其是中国医学。本科毕业后，不顾家里人反对，从哈佛一路杀到港大，目的就是要亲近神秘的中国大地。虽然她的中文并不好，但谁都无法忽略她的身份——享有王室最高殊荣的华多老人最疼爱的小孙女，也是极其令人头疼的小魔女！

谁都知道，这个丫头的智商很高，否则就不会连级跳，仅仅二十岁就读研。平时见她大大咧咧的，每每考试却总能成绩突出。据她自己说，她有着超强的直觉，她的家族更是出了名的医学世家。但就是这样一个丫头，在方向感上一向是个白痴。

“我当然是在等人了。菲儿，我告诉你哦，今天我在网上相亲，还见面了呢！”

“什么？”菲儿惊呼了一声，“那人呢？”

连翘耸耸肩道：“他说出去接个电话，可能是遇上棘手的问题吧，还没有回来。”

“天哪！”菲儿抚了下额头，看着连翘一脸无辜的样子，无力地坐了下来，“你可真是傻丫头，这是他逃脱的手段，你真相信了，还等到现在？”

“啊？”连翘愣了半天才冒出一句，“人家是第一次相亲嘛！”

“连翘啊，你这是何苦呢？被你爷爷知道了，一定会生气的！”菲儿一眼看到了放在一边的稿子，拿来一看，上面写着“恋爱条规”。菲儿终于明白对方临阵逃脱的原因了。

“我才生气呢！菲儿，你说那个什么皇甫的，有什么了不起！他拽什么呀，难道我还配不上他吗？一提到相亲总是推托，如果不是他，我才不会网上相亲呢！”连翘一屁股坐在了椅子上，眼中流转着如水晶般晶莹的光芒。她的眸子很特殊，也许真是继承了家族血统，是紫罗兰的颜色，每当她生气或高兴时，又或者是整人时，眸光闪烁，极其漂亮。

菲儿用手支着头，一脸羡慕地看着连翘，道：“唉，真羡慕你能跟鼎鼎有名的皇甫财阀总裁皇甫彦爵联姻。现在能让我见见他本人长什么样我就满足了！”

“他有什么好见的？菲儿，我跟你讲哦，他肯定是一个肚肥流油的家伙，所以才不敢跟我见面，还美什么名说的不想结婚！”连翘一生气中文就开始蹩脚。

“拜托，那叫‘美其名曰’！”菲儿翻了翻白眼，纠正她道。

“管他曰不曰的呢，他不想要我，我还不想要他呢。我在香港一定会找到比他好上千万倍的男人，气死他！”连翘雄赳赳气昂昂地发誓道。

菲儿闻言叹了一口气：“连翘啊，人家皇甫财阀的总部在美国呢，在这里你气得着他吗？”菲儿心想：真搞不懂这丫头了，竟跟从未见面的未婚夫较上劲了。

不过，那位叫皇甫彦爵的还真是坚持不婚主义，据说每次华多老人派人到皇甫财阀说亲，都被那位传说中的男人毫不客气地拒绝了。之所以是传说中的，是因为这位皇甫先生似乎不怎么喜欢被媒体报道，跟四大财阀其他的总裁们一样，即使媒体上也很少见到他们的照片。

连翘闻言，眼珠咕噜噜地转了一下，突然黯然神伤下来，她趴在桌上，声音极其缓慢而悲伤，说：“你说我真的那么不讨人喜欢吗？那个猪头男为什么不想见我呢？”连翘实在想不通，眉头都快要拧成一团了！

“猪头男？谁是猪头男？”

“就是那个皇甫蠢蛋，我传说中的未婚夫！”

菲儿忍住笑意，故意夸张地说道：“谁说我们连翘难看了，瞧瞧这小脸，简直赛过貂蝉！”

“貂蝉？”连翘闻言后，小脸更是立刻垮了下来，“菲儿，你说我长得像虫子是吗？”

“虫子？什么虫子？我哪里有说这句话嘛！”

“你刚刚说我赛过什么貂什么蝉的，又是动物又是虫子的。”

菲儿连撞墙去死的心都有了，连翘说中文经常张冠李戴，更别提了解中国传统文化了。“臭丫头，你记住了，貂蝉是个人名，是中国古代四大美女之一，出去不要乱说，很丢人现眼！”

“嘁！”连翘不以为然地掩唇笑了笑，“好好的一个人叫个虫子的名字，真是好笑！”

“那你呢，还叫个中药名儿呢！”菲儿笑着反击了一句，“好了好了，小祖宗，快跟我回去吧，再不回学校的话，我的分数都快被你扣光了！”

夜空下，连翘诗兴大发，正在大声背诵“君不见长江之水天上流”时，两个凶神恶煞的男人拦住了她——

“喂，你就是连翘吧？”带头的一个男人满脸横肉，看着手中的资料照片，再看看眼前这个瘦弱的女孩子。

连翘一个趔趄，诗兴被这个突然冒出来的声音打断了。她抬起头看着带头的男人，大摇大摆地走上前，丝毫不见畏惧：“我就是你连翘姑奶奶，怎么了？”连翘想：一肚子气还没发泄呢，正好来了一个挨骂的。

带头的男人脸部抽搐了一下，他没料到这个女孩子胆子还挺大的，说：“怎么了？我们是追债公司的，你上个月都将信用卡刷爆了，难道不用还啊？”

菲儿吓得脸都白了，上前将连翘拽到身边来，道：“天哪，你怎么得罪这些人了？你刷了多少钱？”

连翘紫色的眸子机灵地转了转，然后嘀咕着：“一定是有人陷害我！”

带头的男人白了她一眼，道：“陷害你？你自己看看你的账单，一共欠款一百万元，有凭有据，我们没有必要冤枉你！”

“一百万元的账单？连翘，你抽什么疯啊？”菲儿快要将自己的舌头咬掉了，再看看身边的连翘，她竟然一副没心没肺的样子，脸上丝毫不见惊慌的神色，在众目睽睽之下蹲了下来。

“喂，你做什么？还不赶快把账单签了？”带头的男人实在无法理解她的古怪行为。

菲儿也急得够呛，蹲了下来，在连翘耳边问道：“做什么呢？人家让你签字呢！”

连翘用手托住下巴，紫色的眸子暗自流转着迷人的光芒，道：“这个字我不能签，直到现在我还想不起来到底为什么会刷出这么多钱！”

菲儿已经吓得有些发颤了，道：“小祖宗啊，账单上面白纸黑字，你想赖账也不行啊，你看这些收账的，一个个面目凶恶，快想想办法应付过去吧！”

“喂，带头的！”连翘大大咧咧地喊了一嗓子。

带头的男人朝四周看了看，意识到她是在喊自己，不满地说了句：“我姓马！”

连翘走到他面前，小脸像翻书一样变得沮丧，道：“牛大哥，我现在还是个学生，哪来的钱呢，不过，我的未婚夫很有钱，可以让他替我还钱吗？”

“我姓马！”带头的男人看她可怜兮兮的样子，也不好意思吼了，清了清嗓子，“小姑娘，你可千万别耍什么花招啊，我们也只是替人收钱罢了。”

“我知道……呜呜……”连翘竟用手掩住脸大声哭了出来，几个大男人面面相觑，尤其是带头的那位马大哥，更是有些惊慌了。

“喂喂——我说你别哭了，不知情的还以为我们怎么欺负你了呢！”

菲儿在一旁无奈地叹了口气，这种把戏又开始了，这是连翘一贯的伎俩，不知情的还真会被她那“惊天地，泣鬼神”的哭声给唬住。

“呜呜……”连翘的手还捂在脸上，她含糊不清地说道，“牛大哥……人家也想尽快还银行的钱嘛，如果你们真的着急的话，就管我未婚夫要钱吧，他一定会帮我还的。”

带头的男人翻了翻眼睛，他忍着想要发怒的性子，好心地强调了一声：“小姑娘，我姓马！”

“人家不管你是马还是牛了，哇……”连翘一向分不清中文中马与牛的区别，但她的哭声简直是要震聋了所有在场的人。

“好了好了，你先别哭了，我们不管谁给你还钱，只要见到钱我们就算是完成任务了。你想让谁替你还钱，就在上面签字吧！”

连翘闻言，连忙抬起头，紫色的眸子闪过一抹坏坏的光，二话不说，在账单上“龙飞凤舞”地签下了一个名字！

“皇甫彦爵”四个大字如同大蚯蚓一样，七斜八歪地落在了一百万元的银行账单上！

“这是？”

连翘一仰头，极其骄傲地说了句：“皇甫彦爵，我的未婚夫，皇甫财阀总裁！”

美国，皇甫财阀总部。

天蓝得几乎能够挤出水来，异常的繁华铺天盖地，百层高楼似乎成了四大财阀的共同标志之一，虽然各自风格不同。皇甫财阀也是一样，无论建筑风格还是整体的钢化设计都处处显露优雅之气，哪个角度都闪烁着耀眼的光芒。正是因为融合了深邃的紫与黑晶的魅力，所以增添了整体格调的神秘感。

此时的总裁室，来了两个奇怪的人，一个便是连翘口中的“牛大哥”，另一个则是他的一个小跟班。

总裁椅上，皇甫彦爵倚靠在高档的真皮椅椅背上，量身定制的西装及衬衫将他的身材完美地彰显出来，他没有说话，只是用一双深邃而锋利的黑眸打量着眼前这两个人。两个人不知道为什么，感到自己打了个冷战，这个偌大的总裁室和那位近乎王子般俊美的男人竟然令他们有种说不上来的不适感。

皇甫彦爵——皇甫财阀总裁高大挺拔的身材少说也有一米八六，乌木般的黑色瞳孔，高挺的鼻子，英气逼人的面部轮廓完美得无可挑剔，他睿智深邃，心思细腻，却有着令人肃杀的本事和惊人的谋划能力！

皇甫财阀是皇甫彦爵的父亲皇甫御风一手创立的。皇甫彦爵是皇甫家的长子，自从他掌控财阀后，短短的几年间，皇甫财阀以最快的速度打开了国际金融市场，一跃成为四大财阀中其他三大财阀不可或缺的伙伴。

皇甫财阀是全球资产规模最大、利润最多、连锁机构最多的金融服务集团。在全球一百多个国家为约二亿客户服务，其业务范围之广，任何其他金融机构均无法与其比拟。

“牛大哥”率先开了口，他将手中的文件递到了总裁桌上，道："皇甫先生，我们是银行委托的追债人。连翘小姐目前欠下银行一百万元的信用额度，她在委托书上签了您的名字，委托您帮她还上这一百万元！"说完，他紧张地看着皇甫彦爵，天哪，快还了吧，再不还的话，自己没有办法向上头交代啊。一百万元啊，如果这个小丫头敢耍自己的话，等回香港一定要她吃不了兜着走。

皇甫彦爵眼中划过一抹疑惑……

他打开了文件，当看到文件末端歪歪扭扭的几个中文大字时，感到自己的头顶飞过一群乌鸦——这是谁把他的名字签得这么丑？目光带着巡视一路朝上，看到了委托人——连翘！

连翘？这又是谁？

见到皇甫彦爵眉头不悦地蹙起，"牛大哥"连忙说道："皇甫先生，其实跨越两地委托人来找您还钱的确是坏了规矩，但是您的未婚妻实在是哭得可怜兮兮的，而且还是个小女孩，我们也为难不了她，所以——"

皇甫彦爵似乎没有听他说什么，只是长臂一伸，按下桌上的电话键，低沉地命令——

"Andy（安迪），立刻给我查一下连翘这个人的资料！"

"是，皇甫先生！"

香港岛西环薄扶林道，美丽的大学依山势坐落其中，夏日的荷花池是港大最抢眼的亮点。阳光柔和，洒下的光斑投射在林荫道上，连空气中都弥漫着常青藤的清香。

三三两两的学生身着美丽的制服走下石级，步伐节奏快而轻巧。医学院这届女孩子不多，连翘便是其中一个。她精致而美丽的容颜几乎让所有人为之疯狂，尤其是那对紫眸子，令人迷恋。

然而，她又是令全校男生不敢轻易接近的。因为谁都知道，这个连翘不仅家世显赫，更是一个整人不偿命的小丫头！

“让开让开——”

上午10点多钟，图书馆中原本安静的环境里，扬起一阵急促的声音。小巧玲珑的连翘抱着成摞的书本，几乎要将她的视线遮盖住了。

“让一下啦，撞到人不管了——哎呀!”

话还没有说完，书本像塔崩一样“哗啦啦”地都被撞翻在地……

连翘看了看地上的书，再看了看撞翻了书本的女同学，怒火像是点着了的火药一般，小手也立刻叉在了小蛮腰上：“喂，木瓜！我说你眼睛长在脸上是用来喘气的吗？”

被称为“木瓜”的女孩名叫茱蒂，“木瓜”是连翘为她暗地里起的外号，也是连翘在医学院里唯一的死对头。

茱蒂被连翘率先抢走了话语权，脸上一阵红一阵白，她也算是名门望族之后，来到医学院后，没承想却跟这个丫头成了死对头。“你这个臭丫头，竟然抱着这么多的书还在图书馆里跑得那么快，真是岂有此理。再说了，你主动撞了我还在那恶人先告状！”

“哎呀？你这个木瓜，你以为我喜欢撞你啊，撞你我还不如撞一只真正的木瓜呢！”连翘一跺脚，直接站在了成堆的书本上，她的个头也算是正常，一米六三左右，但茱蒂的个子却足足有一米七，所以和她对骂起来，往往都是连翘抬着头！

“你——”茱蒂最讨厌连翘叫她木瓜了，每次听她这么叫，她就感到崩溃。

“连翘，你又跟她吵什么啊，快走了，听说一会儿我们医学院这届的全部学生都要到礼堂集合，好像是要来什么知名的人物！”菲儿拉了拉连翘，小声说道。

“管他什么人物狗物哩，不要打扰我啦，正吵在兴头上呢！”连翘不耐烦地扬了扬手。

“我说连翘啊，你站得那么高，小心一会儿摔下来，那就有意思了，岂不成了矮冬瓜王室？”茱蒂的一个死党取笑道。

“何止是这样呢，我们这位尊贵的王室后人经常挥霍无度，听说前两天将信用卡都刷爆了，足足欠下一百万元的账单呢。啧啧，连翘，我好可怜你，要不要我借你一些钱呢？香港这里啊最讨厌的就是那种欠钱不还的人了！”茱蒂一脸讥讽地说完后，死党们便在身后哈哈大笑。

连翘听闻这句话，一点儿都不生气，反倒是大大方方地回敬道：“真是不好意思啊，木瓜女，可能要让你失望了。一呢，我的家族的确尊贵，而你只是一个连我小拇指都不如的什么名门之后。什么名门啊，我在爷爷那里连听都没有听说过呢；二呢，我的确是花超了一百万元，但我未婚夫二话不说就帮我把一百万元还上了。要是你就不行了吧，一百万元？哼，几万元的信用卡钱还得自己还不是吗？哈哈——”她像斗胜的公鸡似的，笑得直弯腰。

“臭丫头，平时不见你中文有多好，骂人的时候倒是很顺口！有未婚夫有什么了不起的，知道茱蒂的靠山是谁吗？说出来都吓死你，四大财阀听说过吧，凌氏、冷氏、龚氏和皇甫这四家可是响当当的集团。而茱蒂就是皇甫财阀总裁的恋人，皇甫财阀的总裁别说有多心疼茱蒂了，光是每个月的零花钱就是五百万元！哼，你的未婚夫有这个大手笔吗？"另一个死党一脸轻蔑地走上前说道。

连翘闻言，明显一愣，身后的菲儿则一脸的惊讶，她轻轻扯了一下连翘的衣袖低声问道："连翘啊，怎么会这样？你的未婚夫不就是皇甫财阀的总裁吗？而且那一百万元也不是假的啊？"

连翘的大眼珠"咕噜噜"转了一圈后，伸手指着茱蒂："你撒谎，你说说看，皇甫彦爵长什么样子？"

茱蒂冷哼一声："嘁，真是可笑，我有必要骗你这个小丫头吗？你想知道皇甫彦爵的样子啊，看你这么好奇我就勉为其难地告诉你了。他啊，无论身材还是长相都是人中之龙呢——高大挺拔，英气逼人，这种男人可是令所有女人都会尖叫的呢！"

连翘蹙了蹙眉头，转而也冷哼一声："什么人中之龙、人中之虫的，像你这样连貂和蝉都比不上的人，看上你的男人也好不到哪里去，哼！"

菲儿用手抚了一下额头——天哪，什么貂和蝉，是貂蝉啦，真是服这个丫头了。

连翘的这句话骂得令茱蒂莫名其妙，不过她已经习惯了，反唇相讥道："哼，你真是没见识，没吃过猪肉难道还没见过猪跑吗？连四大财阀的人都不知道，真是可笑！"

"四大财阀原来就是在马路上跑的猪吗？可想而知也好不到哪去呢！"连翘自然不明白茱蒂只是打了一个比方，她对中国谚语一向不灵光。"其实说白了你就是被人包养的呗，干吗还那么大声说出来啊，我都替你丢脸呢，唉，以后啊，我都懒得跟你吵架了，省得拉低了我的档次！"

“你——”茱蒂更是气不打一处来，“哼，我想你的未婚夫也不怎么样，他再威风也比不上四大财阀的人吧。呵呵，今天呢，我心情很好，也不想跟你在这里吵个没完。哼，自己慢慢收拾吧！我们走——”

“真是世风日下……”连翘气鼓鼓地说道，紫罗兰的眸子却闪烁着精明的光。

图书馆离礼堂并不是太远，连翘却足足磨蹭了将近半个小时才出现在通往礼堂的校园甬道上，手里还极其宝贝地捧着一个竹筒。

“小祖宗啊，你可急死我了，这么长时间你干吗去了？要来不及啦！”菲儿上前扯住连翘，当她看到连翘鼻头蹭得黑黑的，头发上还插了一根枯草，吓了一跳，惊声道：“你、你怎么弄成这副鬼样子？”

“嘘，小点儿声！”连翘用力地蹭了蹭鼻子，“你等着看好戏吧！”

菲儿听后，翻了个白眼，想：看样子她又要捉弄别人了，真是要命！

当他们两个人在拐弯路过贵宾停车处时，一辆深色的加长私人商务车落在了连翘的眼中，她不由得发出一声惊呼，紧接着小跑上前。

“喂，走了，你做什么？要来不及了！”菲儿哭丧着脸喊道。

“安啦，绝对来得及，菲儿，我这副鬼样子要是被导师看到了一定会被臭骂一顿，她那么有洁癖，我现在可没有心情去招惹她，等一下下就好了！”连翘一边说着一边伸手将后视镜掰了掰，对着镜子将自己的不雅仪表整理了一下，满意后将脸完全贴在车窗上。

菲儿看到后，吓得眼睛瞪得圆圆的，天哪，这个连翘，竟然动人家车子的后视镜。这车子一看就是有钱人的车子，如果被车主知道了怎么办？

连翘冲着车窗甜甜地一笑，前后左右照了照后，才满意地点了一下头，道：“好了，菲儿，我们走了！”

“真是要被你吓死！”菲儿嗔怪着，两个人一边说笑一边朝礼堂走去。

殊不知在她们转身没多久，商务车的车窗便缓缓落下。

一张俊逸得令人难以呼吸的脸露了出来，乌木般的黑色瞳孔含着一丝兴味，性感的唇微微勾起，有着让人沉迷的深邃。

“皇甫先生，刚刚那个女孩子她……”坐在驾驶位上的是皇甫彦爵的贴身保镖，因为这次是来香港大学，因此他并没有带过多的保镖。

皇甫彦爵望着连翘蹦蹦跳跳的身影，英俊的脸上勾起一丝不易察觉的笑：“这个女孩子的确很大胆！”

偌大的礼堂早已经坐满了学生，虽然香港大学不乏国际知名人士前来，但这次连院长都亲自迎接，想必即将到来的也不会是简单人物。“今天我们很荣幸请来了一位国际知名企业运作的精英，最重要的是，他将加大对我校奖学金的赞助。让我们用热烈的掌声请上这位神秘嘉宾！”

如潮的掌声随着一个高大健硕的身影走上主席台后，变得更加猛烈了！阵阵惊叹声甚至是尖叫声顿时充斥着整个礼堂。

皇甫彦爵坐下来后，保镖也顺势站在了他的旁边，之所以称他为神秘嘉宾，是因为除了校长外，他不想让任何人知道有关他的情况。不是为了别的，只是不想引起媒体的广泛关注。

整个礼堂开始了一片骚动，尤其是女同学们，她们简直都看呆了！

这位嘉宾戴着太阳镜，举手投足一看便知不是普通人，就连唇边那浅浅的笑，都如同涟漪般优雅，标准而结实的身材配深色的西装衬衫，显得更加英俊挺拔，所有女人都会为之痴迷。

只有一个人例外，她就是连翘。当她看到死对头木瓜女坐在前方不远的位置上时，她的小脸绽放出诡异的笑，紫色的眸子更是熠熠生辉。

菲儿的口水都快要流出来了，她不由自主地轻声说了句："天哪，帅呆了……"

"什么呆子傻子的？菲儿，帮我放哨啊！"连翘的注意力全都放在茱蒂身上，终于找到一个合适的机会了。她拿起一直放在手边的小竹筒，钻到座位底下，蹑手蹑脚地顺着台阶一点儿一点儿地接近茱蒂……

如果在以前，菲儿肯定会上前阻止，可惜现在她只顾着看帅哥了，至于连翘做什么，她没有精力去关注了。

"嘿嘿，让你刚刚招惹我，一会儿就让你洋相百出！"连翘的心里早已经乐开了花，竹筒里是她好不容易抓来的超级无敌大蟑螂，茱蒂那个木瓜最害怕的就是蟑螂，尤其是当蟑螂从她的衣领爬进去时……

坐在主席台上的皇甫彦爵环视了一下台下的同学们，那些尖叫和艳慕之声对于他来讲早已经不足为奇，反倒是——

两道锐利的光芒从太阳镜镜片直射出来，一直落在台下那个蹑手蹑脚还一脸诡笑的女孩子身上。他一向傲人的资本便是过目不忘，当女孩子巧笑的容颜映入他的眼帘时，优雅的唇缓缓勾起，却在见到她怪异的行为时脸部表情微微地迟疑了一下……片刻，那浅浅的笑又回到了唇边。

这个女孩子坏心眼挺多的。

“校长——”他开了口，声音低沉，如同提琴般悦耳。

校长上前。

“听闻医学系研究生部有个年龄最小的同学，成绩却优异得很，这样的同学自然要多给予奖励才好。请问是台下哪位同学呢？”皇甫彦爵询问校长的同时，目光却转向台下鬼鬼祟祟的连翘。见她一副没心没肺的样子，注意力全都放在自己手里那个东西上，他脸上的笑容扩散开来了。

“呃？”校长微怔一下，但立马一脸骄傲地说道，“哦，她叫连翘，今年二十岁，刚刚拿到了一个医学研究新人奖！”

“哦？连翘是吗？她人在哪里？”皇甫彦爵故意问道，目光中的兴味更深了。

“连翘？哦，连翘。”校长没料到这位贵宾会亲自点名叫连翘，拿起话筒扯开嗓子就开始大喊，“连翘同学，连翘！”

台下正准备实施“诡计”的连翘刚准备就绪，突然听到校长这一嗓子，顿时吓了一跳，也忘记回答“到”了，手一松，整个竹筒朝着茱蒂的头上落了下去。

所有同学正巧也将目光转向连翘。

“啊——”伴着一声尖叫，无数只蟑螂像是受到惊吓似的从茱蒂的头上快速地爬向了四面八方。一时间，从茱蒂本人到她的几个死党，再到全场都发生了动乱。

尖叫声、桌椅的撞动声响成一片。胆大的同学拼命地消灭着蟑螂，胆小的同学都畏缩在一起，有的甚至站在了桌子上。

这场变故很快就像洪水涌来，一发不可收拾。

校长傻眼了，看着台下惊慌失措的一片场景，瞪大了双眼。

天哪，他只是叫了一声连翘，这到底是怎么回事？

“安静，都给我安静下来！无组织无纪律的，像什么话！”

皇甫彦爵倒是镇定自若，犀利的眼神一直跟随着台下那位始作俑者，看到她一边吐着舌头一边朝桌子下面躲藏时，优美的唇畔再次勾起淡淡的笑靥。

台下渐渐安静了下来，蟑螂也被消灭了不少，男生们个个像战胜的英雄般，女生们则吓得一直在掉眼泪。茱蒂最惨，因为所有的蟑螂都是从她头上爬到其他地方的，直到现在她还在不断地揪自己的头发尖叫着，就连她的死党们都吓得离她远远的。

连翘干脆坐在地上，笑得几乎喘不上气，精致清爽的小脸有着报复后的得意，一点儿都没有注意到台上校长几近猪肝色的脸——

“这到底是怎么回事？这些蟑螂是从哪里来的？”校长几乎要咆哮了。

所有的同学都将目光齐刷刷地转向在一旁狂笑的连翘，动作之快令她反应不过来！

校长见状，怒火在胸腔中炸开：“连翘！站起来！”

又是连翘！竟然又是她！

连翘这个学生在校长心中始终处于特殊位置，不得不承认她很聪明，聪明到几乎令人惊叹的地步，她有着常人无法比拟的超强第六感；但同时也是最令校长头痛的，她太过调皮和难驯，而且鬼心眼也太多。今天，她终于还是在这个隆重的场合下惹了祸，这简直是让他这个做校长的丢脸丢大了。

听到校长的咆哮，连翘才意识到自己已经处于危险之中了。她周围的同学都像避瘟神一样迅速地逃离她身边，一时间，她倒成了整个礼堂的重点。

“连翘，你到底是在做什么？”校长的胡子都气得一颤一颤的，看得连翘好生稀奇。

“咦？校长，您的胡子，好奇怪啊，竟然还会颤抖！”连翘像是发现了新大陆一样惊叫。

“啪——”校长再也顾及不了是否有贵宾在看着了，他猛地一拍桌面，气得眼睛都绿了，“今天晚自习后，罚跑操场一百圈，跑不完不准回寝室睡觉。同时，扣除你们寝室形象分二十！”

一声哀号从连翘口中逸出，她抚了抚额头——妈妈咪呀，操场一百圈，跑到明天天亮也跑不完呢。

“校长——我反对！”她用力地咽了一下口水，将手举得高高的，“这是体罚，是法律上不允许的！”

“你——”校长气结。

“校长——”在一旁看戏的皇甫彦爵终于开了口，声音低沉而好听，如同天籁般。

“一个女孩子大晚上的跑操场的确不是很好。既然她这么皮、这么好动，倒不如换一种惩罚方式，动不如静！”他的唇边勾着浅浅的笑，看着台下连翘的脸色渐渐变成了惨白，不过——那双紫色的眸子却忽闪着一丝怨恨。

紫色的眸子——皇甫彦爵不由得心中惊叹，这真是世上罕见……

那种低如大提琴的男声通过麦克风漾起时，连翘这才仔仔细细打量了皇甫彦爵。

很酷吗？还是在拍电影啊，大白天的竟然还戴着太阳镜！不过，这件事跟他有什么关系？他干吗跟院长商量着怎么整自己？她死死地盯住台上的那个男人，看着他在浅笑，她恨不得上台在他的嘴里涂上辣椒水。

皇甫彦爵的提议令校长突然一笑，像是得到什么启示似的："对！连翘，你是一直学钢琴的，在下晚自习之前，你要熟练地将《幻想即兴曲》弹出来，否则的话，我将实施更严厉的惩罚，听到了没有？"

当初校长听华多老人说，为了使连翘能够像个文静的女孩子，王室的老师从小就命令她学钢琴，但直到她二十岁了，还没有通过钢琴十级考试……

连翘瞪大了眼睛——天哪，《幻想即兴曲》！

波兰音乐家肖邦一生之中一共谱写了四首即兴曲，其中最为著名的便是《升c小调幻想即兴曲》，被后人称为《幻想即兴曲》。这首曲子演奏起来难度极大，奔放激荡的曲调，绚丽斑斓的色彩，如果能够深解这部作品的含义，完整地演奏出来，无疑是一件能够触动心灵的作品。

连翘虽然在学术上很聪明，但对于钢琴一窍不通。在她看来，那些枯燥的音符远不及山上的蚂蚱或者是小猫小狗好玩，让她一动不动地坐在钢琴旁完成这部作品，简直比杀了她还令人难受！她越想越气愤，扬起眸子，恶狠狠地盯着台上那位始作俑者！

皇甫彦爵倒也不躲不闪，一双带笑的黑眸饶有兴致地和她的紫眸对视着，这个丫头这么调皮，他倒是很有兴趣来管教她一番。

他暗自庆幸亲自来香港一趟，如果真的就稀里糊涂地答应了家里和这个女孩子结婚……整个皇甫财阀都会被她搅得天翻地覆！

钢琴谱上一个个跳跃的音符都像是长着笑脸似的，将连翘的一张苦瓜脸映衬了出来。她用力地敲动着琴键，原来优美的乐章从她手中弹出——简直比杀猪还难听！

鹅黄色的灯光渐渐映出一个男人颀长的身影，投射在光洁的大理石地面上，俊雅的眉宇在这一声声超级枯燥的乐音中微微地蹙动了一下，沉稳的脚步也因此有所停顿。

“皇甫先生——”一直跟在身后的保镖有些疑虑地出声。

“跟校长说一声，晚宴取消，我想——欣赏一下校园美丽的风景！”皇甫彦爵低声地开了口，举手投足尽是优雅之气。

“是，皇甫先生！”

皇甫彦爵将目光转向其中的一间钢琴室，唇边优雅的笑蔓延至眼眸深处。

钢琴室的门在连翘的身后无声无息地被推开了，一连串难听的敲键音和一声声孩子气的咒骂也顺便传了出来——

“臭男人，该死的木瓜女、木瓜男，敲死你们、敲死你们——”连翘一边小嘴里扬声骂道，一边猛敲琴键。

正当连翘不亦乐乎时，身后传来低低的笑声。

只听这笑，仿佛是从喉咙深处逸出般，低沉而浑厚，如同涟漪但香醇得胜过美酒、优雅得胜过曼妙的乐音……

“谁？”连翘惊觉出声，与此同时，她停下手中的动作，猛然回头。紫眸不由跌入了那双暗如深海、明若星辰的黑眸之中，心中竟然极速飞过一抹异样。

“咚！”一双小手猛然按在了琴键上，引起了一声巨响！

“原来是你，怎么你害得我还不够，还想过来监督我的进度？”正所谓“仇人见面分外眼红”，看着斜倚在门口处的男人一脸优雅之气，反倒激发出她心中的不快。

皇甫彦爵慵懒地一笑，他耸了耸肩，依然靠在门边，在连翘的怒视下，笑得更加灿烂了。

“琴——不是这么弹的……”他随口甩出了一句话，风轻云淡。

“呃？”连翘一时之间没有反应过来，“咳——那个，这个钢琴房是我的，我想怎么弹就怎么弹，要你管？”

皇甫彦爵没说话，反倒是动身朝她这边走了过来。两个人之间的距离越来越近，她没来由地感到呼吸困难，钢琴房的空间不算小，却因这具健硕挺拔的身躯而变得立刻拥挤了起来——

她困难地咽了一下口水，将身子紧紧贴在钢琴上，指着朝自己一步步走来的男人，警觉得如同一只刺猬。

“喂！你要做什么？我骂你也只是发泄心中不平罢了，我告诉你哦，打女人的男人是最没品位的了……”

他走到了她的面前，含笑地看着这个只及自己胸部的女娃儿。看来她还是有些畏惧他的，这很好，起码还有让她怕的。他朝她一伸手，却引起了她更大的恐慌。

皇甫彦爵浅笑着摇了摇头，将她从钢琴旁轻轻拉开，性感而充满磁性的声音低低扬起：“我只是好心来教你如何弹奏这首曲子罢了！”

天知道，他是受了什么刺激，竟有这般闲情雅致对她起了善心。

“呀？”连翘闻言整个小脸都发亮了，“你会弹钢琴？真的吗？”

皇甫彦爵勾唇逸出淡淡一笑，示意她坐在自己的身边，又将衬衫袖口轻轻解开，挽起之后，修长的手指落在了琴键之上。

流畅优美的曲子如同快乐飞舞的天使，在空气中飘逸，原本枯燥的音符已幻化成荡气回肠起伏跌宕的天籁之音，喷涌的激情，恰似汹涌澎湃的大海，一泻千里的江水，气势磅礴的瀑布。

连翘完全被震慑住了，一双紫眸惊奇地看着在钢琴上游走的那双修长大手，一首在她认为是不可能完成的钢琴曲却在他的指下被这般娴熟地展现完成，这简直是太神奇了！她一脸崇拜地侧头看着皇甫彦爵，连眼神都散发着熠熠的光芒。

原来摘下太阳镜的他，是这样充满摄人心魂的魅力……刀刻般锋利的轮廓中带着令人着迷的俊逸，那淡淡的温柔从他英俊的侧脸轻轻流淌了出来，那完美的面部轮廓真的是无懈可击、无可挑剔，认真执著的黑眸透着高高在上的威严，高挺英气的鼻子，显示出他的睿智和深邃……

连翘简直要看呆了，尤其是他举手投足间散发出的令人陶醉的气息……

她干脆用手支着下巴，歪着头，紫色的眸子一动不动地看着他那张令女人都嫉妒的俊脸！

一曲结束后，皇甫彦爵将衣袖放下，含笑地对上那双充满震惊的紫眸，优雅地勾起完美的唇瓣。

连翘似乎在思索着什么，好半天，她终于眼睛一亮，一脸兴奋地拉着他的胳膊问道：“我想——你一定是钢琴师是不是？”

皇甫彦爵一挑眉。钢琴师？他还真是第一次听到别人这么称呼自己，从小到大，他听到最多的就是“大少爷”“皇甫少爷”“皇甫先生”，这个称呼倒很稀奇。

连翘手舞足蹈地解释道：“难道不是吗？你还想隐瞒我啊，如果你不是钢琴师的话，怎么可以将钢琴弹得这么好，简直是帅极了！”

“是吗？”皇甫彦爵也染上了好心情。

连翘掩唇一笑，故作神秘地在他耳边低声说道：“没关系，我知道你一定是哪个著名的钢琴师，这样，你告诉我哦，我保证不会告诉别人好不好？”名人耶！虽然她对钢琴不灵光，却超级崇拜那种钢琴大师呢。

看着她一副好奇宝宝的样子，皇甫彦爵不由得暗自失笑：“丫头，你还真是一点儿王室的骄傲样子都没有呢！”在他身边不乏身份显贵的女子，但没有一个像眼前这个小丫头一样活得这么真实坦率，单纯如水，有时却莽撞得如同邻家女孩儿。

“咦？你知道我的身份？”连翘闻言敏感地蹙起眉宇。

皇甫彦爵意识到自己的口误，但也只是笑了笑，不慌不忙地沿着口误说下去，“我想你这么调皮，全港大的人不会不知道你吧？”

这一句反问，马上引起了连翘的怒瞪：“哼，干吗把我说得那么十恶不赦的？”

看着她的一双紫眸闪烁着不满的光，他笑得更加优雅了。而连翘差点儿溺死在他的浅笑中，这个男人简直就是女人的杀手！

哭啼的菲儿就在这个时候跑了进来。

“菲儿，你怎么了？谁欺负你了？”连翘一见她这副模样，全身的正义细胞立刻跑了出来。

菲儿一脸震惊地看了看皇甫彦爵，又看了看连翘，“你们——”她几乎都忘记哭了。

“别你们我们的了，你说，是不是那个木瓜女又欺负你了？”

菲儿一下子想了起来，抽泣着说：“茉蒂她们太过分了，因为在礼堂里茉蒂丢尽了面子，所以刚刚就在外面说你的坏话，你要晚些出去，否则会被她们整死的！”

“该死！她说我什么了？”连翘手叉着腰，一双紫眸中也燃起熊熊的烈火。

“茉蒂她说、她说你根本就没本事，你的未婚夫一定也是个熊包，根本就比不上她的皇甫彦爵。连翘啊，她口中的皇甫彦爵不就是你的未婚夫吗，这到底是怎么回事呀，呜呜——”

“岂有道理！”

连翘小手“啪”地拍在钢琴上，愤怒的火焰燃烧得更加熊烈。

皇甫彦爵含笑地看着盛怒的她，这丫头的手不疼吗，还有——什么叫岂有道理？应该是岂有此理吧。

不过，最令他有些不解的是她们之间的谈话内容……

“哼！这年头真是什么人都有，那个皇甫彦爵还真是一头风情万种的猪，滥交的大烂人、好色鬼——”连翘几乎将自己脑中骂人的词都用上了。

“喂喂，丫头，等等——”皇甫彦爵实在听不下去了，自己怎么得罪她了？“你这样在背后数落人似乎不大礼貌！”

“数落他？如果我能见到他还想胖揍他一顿呢，扒了他的皮、喝了他的血！明明知道自己有未婚妻了嘛，不肯见面不说，还跟那个木瓜女搞在一起，真是世风日下，下贱得可以！”连翘义愤填膺地说道。

皇甫彦爵的脸色微微一变，不会这么恐怖吧？他清了清嗓子，好半天才说了一句：“我没有听错吧？”这件事情怎么连他自己都不知道呢？

连翘气鼓鼓地坐了下来，没有回答皇甫彦爵的问题，而是对着菲儿说：“菲儿，你放心，我知道怎么做。”

菲儿有些忐忑不安地走了出去。

气氛变得很是怪异，她愠怒的小脸还有那双微眯的紫眸令皇甫彦爵不由得后背发凉：“呃，丫头，你也不要听别人乱说，皇甫彦爵怎么会看上——呃，那个女人呢？”他想旁敲侧击地解释一下，他可不想无缘无故地惹上这个小姑奶奶。

“你跟他认识？”陡然，连翘将脸转向皇甫彦爵，美眸间闪过一丝疑虑。

“我——”

“你跟他一定认识是不是，否则你干吗替他说话？”她一下子打断了皇甫彦爵，紫眸如水晶般熠熠生辉，却散发着警告的味道。

他不由得咽了一下口水，这会儿要是被她知道自己就是皇甫彦爵，还不得当场被她扒了皮！到时真是跳进黄河也洗不清了。

但他想了想，也不能将自己完全置于局外，这个丫头这么冲动，他真的有点儿怕她一怒跑到美国跟自己算账！他还是第一次被一个女人吓得不敢暴露自己的身份……

“我的确认识皇甫彦爵，跟他也打过交道，不过他并不像你说的那样，所以这其中一定有误会！”

连翘脸上露出惊讶，上下打量了一下他，不由得娥眉微挑：“你真的认识他？那你又是谁？”

他一时语塞，深沉的黑眸一转，轻轻一笑：“其实——我是他的朋友龚季飏！”

她怔怔地看着皇甫彦爵，眼睛也瞪得大大的：“你说什么？”还没等他开口，连翘便一下子将他的俊脸固定住，满眼的惊喜：“你说你是龚季飏？四大财阀中的龚氏财阀总裁龚季飏？”

小手倒是很柔软，他也不介意让自己的脸庞享受这份温软，不过——箭在弦上也不得不发了，他点了点头。季飏啊，你可千万别怪我啊，怨就怨你以前是个大众情人了……

连翘更是兴奋地咽了一下口水，她干脆一下子跨坐在他的大腿之上，两只小手用力地拍在了他的肩膀上，然后使劲地摇着他：“你真的没有骗我吗，真的是龚季飏？你真的是他吗？快说啊！”

他被她摇得头快晕了，不行，她要是真的嫁入皇甫家的话，他非中年便丧命不可。她连忙大手一伸，仅是一只手便把她的两只小手控制住，另一只手揉了揉太阳穴，黑眸凝聚了一下：“我没有骗你，我是龚季飏！”

“太好了！”她立刻笑靥如花，声音透着兴奋，被释放的小手也兴奋得舞起来，“你——做我的男朋友吧！”

皇甫彦爵陡然一愣，黑眸直直对上她那双看上去“善良”的眸子……

他一下子站起身来，震惊之余还是震惊！

“咚。”

一直跨坐在他腿上的连翘一下子失去重心，结结实实地摔在了地上。她叫道：“哎呀，痛死我了！喂，你这个大个子，难道你起身之前不能告诉我一声吗？”

“你这个丫头真是胆大！”

“喂！有什么了不起的，做女朋友嘛，又不是做你的老婆，你激动什么嘛！”

连翘站起身来，走到他面前，踮起脚尖跟他嚷嚷道。

这个家伙还不是普通的高，总是抬头看着他很累耶！

“我是龚季飏，是皇甫彦爵的好朋友，你明知道这一点，还提出这样的要求！”他感到心里有些堵，这个丫头难道暗恋季飏那个家伙？

她瞪了他一眼道：“废话，如果你不是那家伙的好朋友，我才不屑于提出这样的要求呢，你到底答应不答应嘛？”

他将双臂环抱在一起，道：“这么说，你想利用我来气气皇甫彦爵了？”

连翘狡黠一笑：“不要说得那么难听嘛，我只是让那个皇甫彦爵知道，他不要我，还有比他更优秀的男人要我呢，气死他！”

他有些无语，不由得想起了手下跟他报告说，这个丫头来到香港后总是找机会相亲，照这样看来，她相亲的目的也是为了气他了。想到这里，他无奈地摇摇头，二话没说，朝着门口的方向走去。

“喂！你还没答应我呢，你不能走！”连翘一见他这般举动，顿时小脸变了颜色。

“丫头，你完全没有必要这么做，对于皇甫来讲，这招对他根本就不起作用！”走到门口处的皇甫彦爵停住了脚步，转身看着连翘一脸可怜兮兮的样子，淡淡说道。他觉得有必要提醒一下她，否则还不知道她会怎样胡闹下去呢，如果碰到坏人怎么办，像她这样一个娇弱的女孩子，到时候真是叫天天不应叫地地不灵。

连翘闻言，润如明月的小脸一下垮了下来，她快步走到皇甫彦爵面前，双手一伸将门口堵住，孩子气地嚷嚷道：“不让你走，就是不让你走！”

“你……”

他从来没有遇上过这样的女孩子，坦率得近乎有些赖皮了。不过，她的样子倒是很可爱，竟然令他感到前所未有的放松。

“我就是要你做我的男朋友！”连翘仰着头看着他，一脸的倔强。

“你这是在跟我表白？”做男朋友？真是亏她想得出。

“呃——”

她蹙着眉头思考了一下，像是明白地点了点头，一脸正色地说：“对啊，难道不行吗？还有——”

她的眼神渐渐转变，变得有些委屈和楚楚动人：“难道你真的忍心看着我被茱蒂那个木瓜欺负吗？你和皇甫彦爵是好朋友，那么他做错了事情，你这个做好朋友的是不是也应该负点儿责任呢，你还真想一走了之吗？呜呜……”

说到最后，她突然捂住脸跑到钢琴旁，直接趴在钢琴键上痛哭起来，柔弱的肩头一耸一耸的，看样子着实很伤心。

她这个意外动作令他愣了半天。他一脸尴尬地看着她的背影，好半天，他才深叹了一口气，大步上前，道：“丫头，别哭了！”

天哪，他压根就不想惹她哭，这让外人见到像什么样子，好像真的是自己欺负了她呢，弄得他心里一阵慌乱。

“连你也欺负我，你……跟那个皇甫彦爵一样……都喜欢欺负女人……”连翘用胳膊掩住脸，肩膀一颤一颤的。

皇甫彦爵哪里知道她这么多的鬼心眼，深叹一口气，大手轻轻拍了拍她的肩膀。

“好了好了，丫头，不要哭了，我答应你就是了！”

“真的吗？”

她没有抬头，声音闷闷的。

他苦笑道：“只要我答应了你，一定会遵守诺言的！”

“耶！”

她猛地抬起头，兴高采烈地手舞足蹈起来，一丝得逞的狡黠在紫眸中闪现。

“你……”

他连话都说不出来了，原来被这个丫头给耍了，看她一脸阳光灿烂的样子，哪有一丝一毫的泪水。

“我什么？”

她诡计得逞地看着他，小手将他的胳膊搂得死死的，道：“喂，你已经答应我了，可不准反悔哦！”

他不怒反笑了，耸了耸肩膀，一副认命的样子看着她。

“我没说会反悔，只是，你想怎样处理我俩的情人关系呢？”

连翘被他问住了，睖睁了一下，美丽的眸子看着他时竟然充满了困惑。是哦，下一步要做什么呢？

她一时安静的模样如同静静绽放的花朵，微微蹙起的娥眉如同天边那抹淡云一样，他看向她，心陡然触动一下，那双紫眸柔和得近乎如水……

他没有抽出胳膊，反倒享受起来自胳臂下的柔软，勾起优美的唇瓣，整个伟岸的身体都朝她微微压近。

“不如让我来教你……”他的声音低柔，透着高雅的贵族之气，一双深邃的黑眸却深沉得让人看不出心中所想……

她微张着小嘴道：“你……你教我？你教我什么？”

浅笑，蔓延在他的眸底深处，渐渐汇集在唇边。轻启薄唇，俊美的脸庞充满了成功男性独有的魅力。他道：“教你……如何做一个合格的恋人！”

看着她近乎“白痴”的样子，他不由得低笑出声，笑声从他的胸膛漾开……

她更迷糊了，眉头也快扭成一块了，道：“这——还需要学吗？”

他的脸陡然在她眼前放大，带着平静的凝视，却不由得让她一阵心慌，这个男人的目光好锋利……

“傻丫头，做恋人的第一步，就是——亲吻……”

他微微一侧脸，一丝兴味便挑在英俊的眉宇之间，低喃的语调带着一丝自己都没有察觉到的温和。

“呃？亲吻？”她瞪大了眼睛，和这个帅得掉渣的龚季飏是什么感觉？

他看着她紫眸中划过一抹惊愕，轻轻笑道："丫头，你不会——从来没有吻过吧？"

"呃，谁、谁说我没有接吻过……我……喂喂、你、你不要离我这么近……"连翘不想让自己看上去那么蹩脚，但见一点点在自己眼前放大的俊脸，她没来由地感到一阵慌乱，耳膜间全都是自己的心在"咚咚"狂跳的声音……

"是吗？"他一眼看穿她的小伎俩，反倒勾唇一笑，"那好，我喜欢有经验的女人，因为不用我费心地去教。"说完，他的大掌便直接扣住她的小脑袋，俯身下来……

她更紧张了，身子忍不住在颤抖，而她一向有个习惯，那就是越紧张就越习惯出岔子，于是……

"阿——嚏——"

猛然的大喷嚏，将一切原本浪漫的环境硬生生给破坏了。

再看皇甫彦爵，俯身的动作一动未动，脸上却被她喷上了口水，优雅的笑早已经僵在了唇边。在这个节骨眼上她竟然能够打喷嚏？

她好半天才将目光转向他，见状顿时掩住了嘴巴，又是惊讶又是想笑，忙道："对不起啊！"她拼命地憋住笑意，将纸巾扯了出来为他擦着脸颊，道："你也真是的，没看到人家正要打喷嚏吗？还离得那么近！"

连翘的一句话差点儿让他背过气去。

"丫头，知道我现在最想做什么吗？"他铁青着脸，黑眸如厉鹰般死死盯着她那看上去很是无辜的笑靥。

她闻言，停下了手中的动作，竟然极其认真地想了想，漾唇一笑："嘿嘿，你肯定是想谢谢我为你擦脸了，其实你也不用这么客气的，正好我带着纸巾。"

“连翘！”他忍无可忍地连名带姓吼了一声，“谢你？我现在恨不得掐死你！”

他可是出了名的性格沉重，遇事从来不温不火，却被这个丫头气得怒火中烧！

当连翘和皇甫彦爵两个人同时出现在校园中时，立刻成了焦点中的焦点，消息一下子就传开了，短短几分钟的时间，校园空前热闹了起来。

“哟，我当是谁呢，原来是我们的连翘小姐，怎么，你终于敢从钢琴室里爬出来了？”茱蒂的声音又尖锐又冰冷，脸上还带着讥讽，但当她看清楚站在连翘身边的男人后愣住了……

连翘不急不慌，她早就知道会是这样，尤其是看到茱蒂一脸不爽的样子，心里着实爽飞了。她干脆将自己的胳膊一下子挎在了皇甫彦爵的臂弯之中，将小脸幸福地依偎在他的身上。

“哇。”周围一阵惊呼声，尤其是女生……

“你……你们……”茱蒂不可置信地看着皇甫彦爵还有连翘，这个丫头怎么可能跟贵宾这么熟？

虽然她不知道这位贵宾的身份，但看举手投足便知道一定不是简单人物，更别提他英俊的长相了，简直是太帅了。不过似乎有些面熟，在哪里见过似的。连翘这个死丫头跟他到底是什么关系？

连翘故意一脸骄傲的样子：“什么你呀我呀的，给你介绍一下吧，这位就是为咱们港大提供奖学金的贵宾，来头不小哦。听好了，他是龚氏财阀总裁：龚、季、飏！”

“啊！”

全场一片哗然，个个面面相觑，下一秒钟，女孩子的脸上便开始放光，紧接着开始蠢蠢欲动。

“喂喂喂，我还没说完呢，你们这些花痴，离远点儿！”连翘像老母鸡一样挡在了皇甫彦爵的面前，大声说道，“他还有一个更特殊的身份，就是——他是我的男朋友，你们死了这条心吧！”

“啊！”众女生们的尖叫声响起，个个情绪都很激动。

“不可能！”茱蒂难以置信地看着他们两个，当她将目光转向皇甫彦爵的时候，小心翼翼地问道，“您真的是龚先生吗，连翘这个丫头说的是假的吧？像您这样身份的人，怎么会看上她呢？一定是她胡说八道的对不对？”

“喂，茱蒂！”菲儿一下子长了底气，“你这话就不对了，连翘怎么了？她再怎么样都是王室的后人，身上流着的也是王室尊贵的血统，和你相比自然尊贵得多，龚先生不选她，还选你啊？”

“这里有你说话的份儿吗？”茱蒂一脸气急地瞪着多事的菲儿。菲儿刚要反驳，皇甫彦爵低沉的声音轻轻扬了起来：“我应该跟大家说明白一件事！”

嘈杂的环境一下子变得极其安静，大家都将目光集中在皇甫彦爵的身上，一边的连翘心里则七上八下的，这个家伙不会翻脸整她吧？

就在她胡思乱想之际，温热的大手搂住她的腰肢。

“其实，连翘说得没错，我们的确是恋人关系，哦，从严格意义上讲她应该是我的未婚妻！”众人哗然，连翘则瞪着惊奇的眸子侧头看着他的侧脸，他在说什么呢！不过，看到茱蒂一副黑脸的样子，她心里反倒乐开了花。他还真够意思，不但帮她出气，还锦上添花，太帅了！

她大摇大摆地走到茱蒂面前，眼里闪烁着紫色的光芒：“喂，我想龚季飏的大名你都听过了哦，怎么样，他和你的情人皇甫可是不相上下的，不过他比你的恋人更酷，哈哈。”

“你——”茱蒂气得上前一伸手，想要揪住她。虽然皇甫彦爵是她恋人这是谎称的，但见到连翘那副拽样子就来气！

下一刻，连翘整个人都被一股力量扯到了身后，皇甫彦爵挡在了她的面前，道：“是茱蒂吧？”茱蒂不由得点了点头，惊悚地看着眼前这个高大的男人，天哪，他出手的速度好快啊。皇甫彦爵笑得很随意，低沉的声音如同天籁般在飘荡：“我这个小未婚妻很调皮的，你们都是同学，要学会珍惜这份缘分，要是因为一些小事而招来不必要的麻烦就不好了！”淡淡的语调竟然有着令人不寒而栗的警告之意，使得茱蒂几个人全身不由得一阵战栗。

香港半山别墅位于香港太平山山顶及中环之间，东面由湾仔区与中西区的边界开始，西面则是薄扶林，南面直至郊野公园，北至上环。这里的每一处风景都是香港稀缺的资源，寸土寸金。尤其是维港海景和璀璨的夜景，更彰显出半山豪宅的魅力。

这一天，天气不错，连太阳都高高挂起，星期天的艳阳高照是连翘最喜欢的，她一路飙车来到半山，郁郁葱葱间，当看到一处路标写有“私家路，非请莫入”时，美丽的小脸上一下子扬起了开怀的笑，几乎不等通传就一路狂奔进去。得知“龚季飏”正在游泳，便朝着游泳池的方向跑去！

游泳池有着与蓝天一色的清澈，偌大的场地几乎将天空全部容纳，当连翘误打误撞跑到游泳池时，被设计得极为奢华的一幕震惊了。由于家族尊贵，她见过的奢贵的事物也不计其数。但是，这个男人也太浪费地段了吧，这里可是香港半山耶，寸土寸金之地竟然把游泳池搞得这么大，怪不得很多穷人都没有地方住了。

连翘简直要看傻了，游泳池中的男人身材棒极了，伟岸强健的体魄，结实的手臂，阳光勾勒出健美流畅的轮廓。

“哇塞！”当她看到皇甫彦爵娴熟的游泳技巧时，兴奋地鼓起了掌，就像是看比赛似的。

“你这丫头今天怎么跑到这里来了？”

皇甫彦爵上了岸，站在一旁的两个下人立刻将早已经备好的浴巾拿上前，替他擦拭身上的水珠。连翘的小脸没来由地一阵发红发烫，她掩住唇，猛咽了一下口水。

“龚季飏，你游泳简直帅极了，像你这样都可以参加奥运会比赛了！”她一本正经外加极其崇拜地看着眼前的男人。

“奥运会比赛？”他不得不佩服这个丫头的想象力，“承蒙连翘小姐的夸奖，在下还没有本事跟那些运动健儿相媲美！”正说着，却发现连翘已经来到他面前，一脸的好奇，小手更是毫无顾忌地将他的浴袍拉开。

“喂，小丫头，你做什么？”

他着实吓了一跳，她也太大胆了吧？

她丝毫没有理会他的疑问，反倒是伸出小手覆上了他的胸膛，似乎在研究着什么。

两边的下人们感到头上飞过一群乌鸦……他们最敬爱的皇甫少爷竟然在自己的地盘被一个小丫头给“非礼”了！这一幕太可怕了！

她歪着头，认真的神情中透露出好奇。皇甫彦爵低头看着她一副聚精会神的样子，长而浓密的睫毛眨呀眨的，紫色的眸光带着如水般的波动在盈盈的浅笑间显得更加迷人。他站在那里一动未动，破天荒地让一个女人这么主动地碰触自己，细柔的触感在他心中引起一道道涟漪……微微抬头，只看下人们一眼，两个下人便知趣地离开了。

他竟然很想跟这个女孩子单独相处一会儿。

“龚季飏，你的身材简直是棒极了，尤其是胸膛……”她像是发现了什么新大陆似的，带着欣喜说道。

皇甫彦爵微微一笑，眼神之中竟然平添了几分柔情，道：“喜欢吗？”她一脸疑惑地抬头看了看皇甫，随即扬起笑靥点了点头。“嗯，喜欢，你的胸膛就像——就像——”她在脑海中拼命搜索着恰当的词语，像什么来着？

低低的笑从他的喉间深处逸出：“像什么？”

“青蛙！对了，像青蛙！”她陡然欢叫一声，一脸兴奋。

原本勾在唇边的笑意一下子僵住了，皇甫彦爵危险地微微眯眼，道：“你说什么？”

正处于兴奋之中的连翘压根就没有意识到一股危险气息正朝她扑来，仰起小脸一脸认真地解释道：“你的肌肤摸起来凉凉的、硬硬的，不像青蛙难道像蛇呀？哈哈！”

他的脸色更加阴沉了，可惜连翘还不懂察言观色的重要性。

“咦？你生气了吗？我见过青蛙哦，你生气的话就更像了，因为青蛙也总是喜欢气鼓鼓的……”

“你来这里就是拿我开心？”

“当然是有正事啦！”连翘像个怨妇似的叹气，“学校一年一度的游泳大赛要举行了，那个木瓜女竟然把我的名字也报上去了，我才不想输给她呢！”

“然后呢？”

“然后……就要看你了！”连翘坏坏一笑，紫眸闪烁着令皇甫彦爵不安的光芒，“我要拜你这位游泳健将为师喽！”

几乎是软磨硬泡外加恩威并施，连翘终于如愿以偿地令皇甫彦爵带着一脸的苦相跟自己走进了专卖女性服饰的品牌店，所谓的女性服饰自然也包括了女性泳衣。这家品牌店坐落在最繁华的商业街，为了避免太多花痴的目光，连翘还故意将一副很酷的太阳镜挂在了皇甫彦爵的脸上。

“亲爱的，快帮我看看这件泳衣怎么样！”

“呃——好看！”

皇甫彦爵一脸尴尬地点了点头，他长这么大从来没有主动去过什么商场或者品牌店买东西，更别提是陪着一个女人来大逛特逛了。她将手中的泳衣放下来，一脸不满地看着眼前别别扭扭的男人：“你好讨厌哦，我拿哪件你都说好看！”他看了看四周花痴般的眼神，走上前将连翘轻轻拉住，道：“一件泳衣而已，而且这里的样式都很不错，随便拿了，好不好？”他几乎是要用恳求的语气了。

连翘的小嘴撅了起来：“不行，泳衣一定要是最漂亮的，这样学游泳才会感到开心啊。就像我每次考试一样，都要用最漂亮的笔才会心情好。”

“简直是歪道理，考试成绩是好是坏，跟用的笔有什么关系，好成绩是要靠平日努力的！”

她掩唇一笑：“嘻嘻，我平时考试都是靠猜的！所以我的第六感如果碰上心情不好怎么可能发挥出来呢？”

“靠猜？”即使隔着太阳镜，也不难看出皇甫彦爵的一脸惊讶，“这怎么可能？千万不要告诉你不久前得到的奖项也是靠你的所谓第六感！”

谁知连翘闻言扬起笑靥，道：“Bingo（答对了）！本小姐获奖完全是靠我的第六感，难道你不知道我是出生在医学世家吗？我的家族都有超强的第六感哦，用在医学上屡试不爽。”

连翘出生的家族因医学得名，更因精通医学被王室赋予最高荣誉。关于这一点，皇甫彦爵在调查连翘资料的时候多多少少了解一些，但眼前这个小丫头真有这么邪吗？

“丫头，我对你们这种直觉很感兴趣！”他看着连翘笑着说道。

“那叫第六感。”连翘郑重其事地纠正。

他笑道：“只是个称呼问题，据我所知，你们家族一直是以医学著称，不过都是从事西方医学，怎么偏偏你这个丫头学习中医？”连翘一听他这般问，小脸暗了一下，随即一皱鼻，道：“这才叫独树一帜嘛。”

“独树一帜？”他兴致盎然，看着她可爱的模样，心中渐渐荡起波澜，“理由似乎没有这么简单吧？”

连翘撇了撇嘴，支吾了半天才实话实说，道：“我才不要像表姐一样呢，知道她的男人基本上都会被吓到呢！”

“你表姐？”皇甫彦爵不解地问。

连翘点了一下头：“我表姐很厉害的，是家族的医学天才，应该说怪才才对。但是她好可怜哦，到现在还找不到男朋友呢，原因就是她几乎每天都要待在实验室里不知在忙些什么。最重要的是，还要跟尸体打交道，是男人都怕了她了。”

皇甫彦爵微微蹙了一下俊眉：“对于你的那位姐姐我也略有所闻，她的确是不可多得的医学奇才，涉猎医学领域之广令男人也望尘莫及，甚至还会被邀请成为特大、重大案件的法医。不过她的名字很怪！”

“怪吗？好像是吧，她叫墨夷染容！”

“墨夷染容？这个姓氏和名字都很怪！”皇甫彦爵感到新鲜极了。

“有什么怪的，堂姐是混血，墨夷是复姓嘛，只不过墨夷家族的人越来越少而已，只有那么一小支了。喏，我那位在路上跑来跑去的未婚夫也是复姓皇甫的嘛！”

“等等。”他打断了连翘的话，眉头蹙在一起，“什么叫在路上跑来跑去的？”

“咦？我说得已经很清楚了，怎么你没有听明白吗？唉，我真的是灰爆哦！”连翘叹了一口气，她也知道自己的中文不好，但也没有不灵光到别人听不懂自己的话嘛。

连翘的这句话一甩出来，皇甫彦爵的头更大了，他揉了揉太阳穴，再次无奈问道：“你这次又说些什么呢？什么灰豹蓝豹的，豹子哪有那个颜色呢？”

这回轮到连翘挠头了，她无奈地翻了翻白眼。

“拜托，我还以为你的中文很好呢。我说在路上跑来跑去的那句，是因为当时茱蒂那个木瓜在说到四大财阀的时候，说什么没猪还没见过猪跑之类的，说四大财阀是在路上跑来跑去的猪嘛。至于后一句，不是灰豹，是灰爆啊。我说得这么清楚你都不明白，真的让我灰心到爆啊！”

绕了半天，他才终于听明白连翘话中的意思，汗颜了，什么没猪还没见过猪跑，应该是没吃过猪肉还没见过猪跑吧！至于灰爆，自己还真是头一次听到。这个丫头还真是的，中文本来就不灵光，偏偏还学什么流行词句，这令他不由得以为她说的全都是病句。

他深叹了一口气：“连翘啊，你的中文还真是无可救药了。这样吧，你是马来人，从今天开始，你就跟我讲马来语好不好？”

连翘一脸惊讶：“咦？你会马来语啊？”

皇甫彦爵被这句话气得差点儿吐血，但还是忍住，点了点头。拜托，他大小也是掌管全球金融产业的总裁吧……

“你会马来语早说啊，害得我都不知道怎么与你沟通！”

皇甫彦爵简直是要哭笑不得了，这个丫头还真是会倒打一耙呢。

“丫头，你还恨你的未婚夫？”他决定试探性地问一下，总不能让他冒名一辈子吧。

她的眉头一下子皱在一起，怒火也如一簇美丽的火焰般在她的紫眸中燃烧，狠狠地低咒道：“哼，我恨不得吃他的肉、喝他的血，这个滥情的猪头男。等我有机会见到他，一定要将他大卸八块！”

他感到头发丝都竖起来了，连忙将几件泳衣塞到连翘的手中，尴尬地笑着说道：“进去试试吧，这几件都挺适合你的！”

他只能通过这种方式来打断连翘的话，毕竟这样毫不掩饰地听着有人不停地咒骂自己，的确是一件很不舒服的事情！

连翘看了看皇甫彦爵递上来的泳衣，满意地一笑，然后蹦蹦跳跳地上了楼。世界似乎安静了下来。正当皇甫彦爵要松一口气的时候，一声低呼从身后传来。

“天哪，皇甫——”一个红衣女人刚要尖叫，连忙用手掩住唇，“拜托，让一下！”带着一脸的不耐烦，红衣女子打发走了那些看呆了的营业员。只见她一身奢华的红裙，一脸的妖娆之气，脸上的高傲神情在见到皇甫彦爵之后完全转为狂喜。

“彦爵，”红裙女一步三摇地走到他的身边，柔滑的手臂一下子挎上了他的臂弯，娇媚地轻声笑道，“你怎么来香港了，真是的，你都好长时间没给人家打电话了！”

皇甫彦爵的眉头微微蹙动了一下，她是香港沈氏的千金，只是今年慈善酒会上见过一面。她的热情是出了名的，眼神倒是挺犀利的，他戴着太阳镜也能认出来，简直是花痴！

沈氏千金见皇甫彦爵的眉头微微蹙起后，连忙伸出香滑的手指覆在他的双眉之间：“今天我们在这里遇上真是缘分哪。既然这样，彦爵，今晚一同用餐，如何？”说完最后一句话，她的身子也“挂”在了他的身上。

“今晚啊……”皇甫彦爵脸上挂着一贯优雅的笑，淡淡地拉长声调。

“是啊是啊，彦爵，人家如果知道你来了香港，一定会好好陪你的，就从今晚开始吧！”沈氏千金笑得更加妩媚了，将自己迷人之处更加明显地显露了出来。

连翘下来时便看到这样火暴的一幕，一个“八爪鱼”正扬着谄媚的笑在对着她的“龚季飚”，似乎两个人很熟稔。连翘带笑的小脸微微一僵，不知道为什么，当看到其他女人对着他笑时，她总是觉得很不舒服！

正准备脱身的皇甫彦爵没来由地感到一道光芒刺向自

己，当看到连翘漾着灿烂的笑容朝自己走过来时，原本无奈的脸部线条一下子变得柔软起来。沈氏千金着实震惊了一下，她连忙回过头，想要看看究竟是什么人令这个男人变化这么明显。然而，当她见到只是个黄毛丫头时，脸上非常震惊。“选好了吗？”皇甫彦爵望向连翘，似乎想从她的脸上找到一丝嫉妒或者不愉快，然而令他有些小失望！

连翘蹦蹦跳跳地上前，点了点头后，上下打量了一眼沈氏千金，猛地吹了个口哨：“哇塞，姐姐，你好漂亮哦！”

不仅皇甫彦爵怔住了，就连沈氏千金也愣住了，不过她一下子便反应过来，简直乐得合不拢嘴。

“姐姐，你真的好漂亮哦！”连翘一脸羡慕，更是围着她转了一圈又一圈，最后，小手一下子钩住了她的胳膊，道：“姐姐的身材好好哦，而且衣服也好漂亮，不像我，穿什么都不好看。”

沈氏千金笑得花枝乱颤，一脸傲慢地说道：“是哦，我可是天生的衣服架子呢，所以穿什么都好看，小妹妹，这是天生的！”

连翘笑得更天真了，她连连点头，随即绕到她的身后，突然发出一声惊叫：“天哪，姐姐，你的裙摆上竟然有一大块的渍，像血啊……天哪，好恐怖哦！”嚷完，她还一副被吓到的样子，掩住了唇，一双紫眸瞪得大大的，几乎要渗出泪水……沈氏千金的脸色陡然一变，连忙扯过裙角，精心化过妆过的脸不受控制地抽搐了一下，随即变得异常难看，全身都抖个不停。

“姐姐啊，趁看见的人少你赶快换一下吧，我知道洗手间在三楼，换衣间在二楼哦。”连翘极其热心地上前提醒道。

“谢谢。”沈氏千金的脸红一阵白一阵的，看样子是糗死了，尤其是在自己想要表现的男人面前，她几乎是迫不及待地离开了两个人的视线。

“唉，真是可怜，也不知道谁这么调皮……”连翘看着她离去的身影，貌似一脸哀痛地说了句。

皇甫彦爵看着连翘的样子，忍不住笑了笑道：“丫头，这件泳衣上面的水袋呢？”

连翘吐了吐舌头，然后故意撒娇地挎上他的胳膊道：“你好像很聪明哦，什么都瞒不过你的眼睛呢！”

“你这个调皮鬼，明明是给人家身上洒了水，还说是血！”皇甫彦爵笑着摇摇头道。

“哼！”连翘眼睛一瞪，白了他一眼道，“谁叫她穿着红裙子了，我可以说是水也可以说成是血，怪就怪她那么大惊小怪了！”

“你没事吧？”皇甫彦爵很想问她是否生气了，不过看她的样子似乎一点儿生气的迹象都没有。自己怎么了，竟然很想跟她解释自己跟那个女人没有一点儿关系。

“有事啊！”连翘想了想，说了句，“我肚子好饿，龚季飏，你能带我去吃大餐吗？”

西式餐厅中，连翘在一鼓作气解决了两大份牛排后，终于吃饱喝足，正在极其兴奋地面对一客超大号的香蕉船。看着对面女孩子笑得没心没肺的，皇甫彦爵却有些欲言又止。她放下手中的餐具，看向连翘：“丫头，其实刚刚的那个女人——”

“哪个女人？”她吃得满脸冰激凌，抬起头略带疑惑，半晌才想起来，“哦，你是说服装店的那个女人啊，哈哈！”她一下子想起了当时的情景，笑得几乎要钻到桌子底下去了。他的脸色也变得有些僵硬，更似一种失望。原来这个丫头一点儿都不在意那个女人，他的心不知道为什么竟然有些失落，就像一个角落被挖空了一样。

连翘倒是没有察觉那么多，她继续大口大口地吃着香蕉船。他轻叹一声，拿出纸巾下意识地替她擦拭了一下唇边的冰激凌，丝毫没有察觉动作之中的丝丝情愫，道：“丫头，你现在也是大人了，不要总是这么调皮。”

连翘深叹一口气，一只手支着头，一只手搅动着香蕉船：“如果可能的话，我情愿不要长大！”她的语气淡淡的，低低的，竟然充满了忧伤，而紫眸间也瞬间滑过一抹哀痛。

皇甫彦爵微微一怔，这样的连翘是他从来没有见过的，是什么令她的脸上会出现这样的神情？她经历过怎样的伤痛？想到这里，他的心竟然猛然一抽！

“丫头，怎么了？”

连翘抬头看了看他，唇边牵动了一下，似乎想笑，却是一丝苦涩的笑。她低地开了口：“我很不希望自己长大，尤其是十岁之后，每长大一年，我就会更痛恨自己一年。十岁之前我很快乐，但十岁之后……十岁那年，我父母离异，父亲娶了别的女人，有了自己的孩子，而母亲也嫁给了另外一个男人，生了自己的孩子，从此之后，我就一直在爷爷身边长大。家族的后人很多，爷爷也是最疼爱我的，但越是这样，我就越觉得自己像被遗忘的人……”到了最后，声音哽咽了，淡淡的水雾遮住了紫罗兰的颜色。

他没来由地一阵心疼，连翘说的这些是资料中没有的，在他眼里，她就是一个整天嘻嘻哈哈的小丫头，没想到她完全用另一种方式来表达着自己的坚强！

“丫头，他们毕竟是你的父母，离开并不意味着遗弃！”他轻声安慰道。

她轻轻摇头，用清淡的语气说：“怎么不是遗弃？这么多年来我的父母没有见过我一次面，尤其是我的父亲，连爷爷都不想见，这难道不是遗弃吗？”

一句话，说者淡然，听者心碎。

“丫头，过来。”他不自觉地向她伸出大手，示意让她到自己身边来。

连翘乖巧地走上前，立刻被他轻轻拥住，感受着他像个大哥哥一样带来的温暖，又像是久违了的亲情般的感觉。

“我会派人帮你找到你的父母，不要怕……一切都会过去的！”他的大掌在她的头发上轻抚着，像在宠溺一只小猫似的，低低的嗓音有着酒一般的香醇。

她的心不由得“咚”的一声，将头安安静静地靠在他的怀中，耳膜间不断传来稳重有力的心跳声，感到前所未有的安心和安稳。

“真的吗……”声音小小的，像极了一只温驯的猫，但还没等到他点头，她便深叹了一口气，随即摇摇头，“还是算了吧……”

“为什么？”他将下巴轻抵在她的小脑袋上。

她的眼神变得有些暗淡：“我的心里很矛盾，既想见又怕见到，可能是还没有准备好，我想总有一天我会想通的！”

他有些心疼地说道：“等你想通了，告诉我，我会帮你！”

“嗯……”连翘的声音难得这般温柔，没有了往日的调皮，只有如水般的柔美。

“龚季飏，”她的紫眸间充满了淡淡的哀伤，“你说我真的很讨人厌是吗？”

“不，一点儿都不！”他看着她那双美丽的紫眸，心中肯定地说道。唇边扯过一抹优雅的笑，他伸手宠溺地刮了一下她可爱的鼻翼：“为什么会这么问？”

她又叹了一口气，低下头下意识地玩弄着十指：“因为皇甫彦爵很讨厌我哦，他情愿跟那个木瓜茱蒂在一起，也不愿意见我呢！”

“谁说他讨厌你了？”他差一点儿就说走了嘴，连忙改了口。

“如果他不讨厌我，为什么会拒绝婚事呢？我听爷爷说，皇甫彦爵很反对这门亲事呢……”

“其实……”他不知道该如何回答。

“也许是他不了解你，如果他知道你这么可爱，事情会有改观的！”自己会改变当初的决定吗？还是说这些话只是在安慰她？

她闻言思考了一下，歪着头看着皇甫彦爵，随即抱住他：“哼，我才不要他呢，我要你嘛！”

她的孩子气令他唇边漾起笑容，这种感觉令他有些陶醉……

他这才意识到，连翘已经不是小孩子，此时此刻，在自己怀中的她已经是个成年人。

“龚季飏，你会扔下我不管吗？”她丝毫没有感觉眼前这个男人的心理变化，只觉得他此刻就像是块浮木一样，令她感觉很是安全和可依赖。

他一时语塞。

没有等到回答，她抬起头，疑惑地看向他，忽然小脸一变，恶狠狠地说道："喂，你不会现在就想着怎样丢下我吧，我会报复的哦！"

说完，还扬了扬小手，刚刚短暂的温柔不再，她瞬间变得像只被惹怒了的小狮子。

皇甫彦爵被她的模样逗乐了，心情也变得极其好："好好，真是怕了你了！"

连翘的大眼珠咕噜噜地转动了一下，可爱的小虎牙在水晶灯下闪烁着耀眼的光芒："既然如此，我要在你身上留下一个标志，这样一来你就会记着我！"

"标志？"他又不是物品，怎么留下标志?

连翘掩唇一笑，她抓起皇甫彦爵的手臂，在他还没有反应过来的时候，低下头张口便用力咬了下去——

"啊——"皇甫彦爵的一声惨叫响彻了整个西餐厅……

Chapter 第二章 情爱何处逃

情感的微妙不是人海中两个人的擦身而过，比如我是空中鸟，你是水中鱼，不可能的相遇，于是，碰巧相爱……

日光下，绿树清新的味道充塞着整个豪庭别墅，透过那个“禁止非请人员入内”的牌子，可以看到幽静绿荫间尖尖的屋顶，绛红色的屋顶瓦在阳光的照射下格外醒目。

这是皇甫彦爵的私人别墅——“皇府”，也是他来香港分公司处理事务时的休憩之所，这个别墅的名字跟美国别墅的名字完全相同。

这里的“皇府”比美国的“皇府”多了份浪漫与庄严的气质，高挑的门厅和气派的大门，圆形的拱窗和转角的石砌，尽显雍容华贵。

巨大的会议室中坐满了分公司的高层，他们个个西装革履地坐在会议桌的两旁，肃静而庄重的会议气氛令他们不敢有半点儿差池。

总裁亲自坐镇香港分部，短短几天的工夫，香港分部的所有职员便不难感觉到这位总裁雷厉风行的作风。别看他优雅得如同王子般，但那份骨子里的狠劲却是令人不敢小觑的。皇甫财阀能够跻身四大财阀之列，和其他三家财阀能够携手，这着实体现出实力和权威。

“齐部长，报告一下你那边的投资收益情况！”真皮椅上，皇甫彦爵威严地坐着，言语平稳而深沉，却有着穿透人心的震慑力。

“是，皇甫先生！”齐部长深吸一口气，连忙说道，“我们已经做出统计数据，上期的投资收益净额超过1亿元的金融类上市公司达到80家，其中超过1.5亿元的有45家，前45家公司在上期的利润总额为80亿元，以香港金环为例，在营业总收入上涨35.4%的前提下，实现营业利润及净利润分别为10.11亿元和6.85亿元，与前期相比分别增长24.71%、

11.40%……”

他一边说着，一边小心翼翼地看着皇甫彦爵起身走向落地窗前，生怕哪个数据报错。看着总裁那张毫无表情的脸，他不知道由他掌控的金融公司的收益是否达到了标准线，因为据说美国和其他国家的分部向来收益比都很高……想到这里，他的汗都快流下来了！

皇甫彦爵站起身来只是想要舒展一下筋骨，当他伟岸的身影站立在落地窗前，却看到令他会心的一幕。

身后的声音显然已经停顿了下来，伴着一阵紧张的呼吸声。

“继续说！”皇甫彦爵连头也没有回，只是淡淡地下着命令。

“是！”齐部长抹了一下额上的汗，其他几位高层也是个个紧张不已。“这两项指标的大幅飙升，主要因为同期内公司择机选择的KT证券股权所获得的51.57亿元投资收益……”

会议室的不远处正对着的便是偌大的水天一色的游泳池，清凌的水面闪烁着一波波耀眼的光。

在游泳池旁边，连翘将自己裹得跟个粽子似的，旁边一个保镖在保护着她的安全。只见她小心翼翼地蹲下来，将小脚伸到水面上，只是一瞬便又拿了出来，似乎很怕水的样子。

将这一幕完全纳入眼底的皇甫彦爵忍不住微微勾唇，那只润玉小脚的影子似乎在他的脑海中挥之不去，萦绕始终。而她那张清秀的小脸在阳光下显得格外迷人，像朵美丽的小花般惹人怜爱。

他的心陡然触动了一下，就像一根细丝划过他的心房，不知为什么，他突然觉得整个会议室像个牢笼一样，充满了沉闷的气氛。

“行了！”他开口道，随即转过身，高大的身子遮住了大半片投射进来的阳光。

“皇甫先生……”齐部长紧张地吸了口气，天哪，千万不要嫌弃他办事不力啊，天知道他可是兢兢业业，如果就这么将自己辞掉的话，老婆孩子谁来养啊。

皇甫彦爵的视线扫了扫每一张紧张的脸庞，随即说道：“今天的会议就到这里吧，明天叫秘书将这些报告拿到我办公室里！”

“是，皇甫先生！”所有人都松了一口气，脸上更像是被无罪释放的神情，个个起身离去了。

皇甫彦爵又将目光转到游泳池旁边的那个小丫头身上，看着看着，目光温和……

“连翘小姐，您是要下水才能学会游泳的……”站在游泳池旁边的保镖一脸无奈地提醒道。他真是没见过这么学游泳的，把自己裹得跟粽子似的不说，还特别夸张地将一个救生圈套在腰上，这……这是学游泳吗？

连翘一脸紧张地看着水面，却一仰头，装作一副毫不在乎的样子说道：“谁说我要学游泳了？我原本就会水，只是……只是……”

“只是什么？”一道低沉的声音打断了她的话，一尊高大的身影倒映在游泳池中的水面上。

“先生！”保镖连忙欠身。

“下去吧！”皇甫彦爵命令道。

“是！”保镖接到命令后离开。

连翘仰着头，眯着眼睛看着眼前高大的男子，阳光在他的身上投射出一道道光圈，映得他犹若天神。

皇甫彦爵看着她一副懒洋洋的样子，不由得浅笑："丫头，你这样偷懒可是要输的，难道这样还能赢了茱蒂吗？"他知道这个茱蒂是连翘的死穴，只要一提她的名字，连翘就会受刺激。

果不其然，连翘闻言，一骨碌从池边站起，小手一下子揪住皇甫彦爵的上衣领口："你可是答应我要教会我游泳的！"

皇甫彦爵连忙高举双手做投降状："好好好，我是答应了，所以特意将会议取消来教你游泳。这样，你先适应一下在水中的感觉，好不好？"

看着她乖巧地点了点头，他转身离去。

"什么嘛，说得跟多大恩赐似的……"连翘朝他的背影做了个鬼脸，撇了一下嘴，看着那一波波在阳光下漾出光环的水面，却紧张地咽了一下口水。

以往破碎的记忆倏地穿过大脑，她的呼吸猛然变得急促不已。她蹲了下来，一脸的苍白，却倔强地不让泪水滴下来……自己还能游泳吗？

她整个身子微微颤抖着，试着走到扶手旁将脚踏进去，但是，她做不到，真的做不到！

"丫头，将你身上的浴袍脱掉！"身后再次传来皇甫彦爵熟悉的命令声。

连翘猛地回头，却又马上将头低下。

皇甫彦爵大手用力地在她的头顶上揉了一下，就像对待一只小猫一样："想什么呢，丫头，你不是想学游泳吗？"

说完，自行先跳入了游泳池，仰出水面后，极其帅气地甩了甩头发。

“下来！”泳池中，他朝她发出邀请，就像王子跟公主说“请跟我跳支舞吧”！可惜的是，他的口吻却是命令的，不容拒绝的命令，一点儿都不像王子！

她深深呼吸了一下，解开了浴袍，温暖的阳光映照着她，散发着迷人的味道。

“喂！龚季飏，我……我会不会被淹死啊？”她的注意力却都在水上，战战兢兢地问道。

“有我在，你不会有事的！”他甩了一下头。

看着伸向自己的大手，修长的手指间镌刻着优美的弧度，宽阔的掌心却令她产生安全感。她深吸了一口气，闭着眼便跳了下来，下一刻，便被拥进一尊坚硬而宽阔的胸膛之中……

“呜呼——”连翘竟然发出了一声欢呼，她的眸子带着惊喜和那种死里逃生的幸运，两只手臂紧紧箍住皇甫彦爵的颈部，“龚季飏，太好了太好了，我还活着……”

皇甫彦爵一脸尴尬地抱着她的身子：“好了，丫头，这是游泳池，又不是大海，怕什么，来，我教你最基本的姿势！”他巧妙地将貌似八爪鱼的连翘从身上拉开，语气轻松地说道。再不拉开她，他很难保证自己会做出怎样的事情来。

一抹暗光在连翘的紫眸中转瞬即逝。

“怎么了，丫头？”他习惯掌控人的心思，因此对方再细微的变化，他也会准确地捕捉到。

“呃，没事没事……”连翘一脸不自然地回答道，末了还送给皇甫一个灿烂的笑靥。

他的心一抽，差点儿沉浸在这如梨花般的笑靥之中。

日光照着水面，高大的男子和娇小的女子在水中倍显和谐，难言的情愫如花儿般在悄然盛开弥漫。

“轻轻摆动你的手臂，对，就是这样，慢慢来……”

连翘也极为配合，没有调皮也没有喊停。

“丫头，你可以试着再潜深一些！”他低沉地指示着，看着在水中渐渐变得灵活的连翘，眼中却有着一抹化不开的惑意。

“嗯！”她听话地一点头，加大了动作的幅度。

他悄然放开了双手，连翘却如同鱼儿般在水中穿梭。

温和的水包裹着连翘的身体，渐渐地，她开始有了一种熟悉的感觉，那种感觉渐渐令她再次迷失，她似乎没有察觉到皇甫彦爵的双手已经放开，只是被一种原有的记忆所牵引……

“妈咪——救我啊，妈咪——咳咳——”

“宝宝，对不起……对不起……”

“妈咪，不要走——妈咪——我怕——”

泪水从连翘的眼眶中流了出来，与周围的水融合在一起，连翘感到自己的身子越来越沉，原本摆动的双臂开始渐渐停下来。她的身体开始整体下沉，皇甫彦爵焦急的声音越来越远……

黑暗中腾出一团团化不开的雾，连翘战战兢兢地看着四周，当她看到前方有淡淡的光晕时，她惊喜地朝前跑去。那是一间布置得十分精致的房间，里面金丝镂空如宫殿般华美，连房间外的走廊和楼梯都有着黄金般闪烁的光芒。

她有些迷惘地看着眼前的这一切，这个地方为什么会这么熟悉……

一阵低低的争吵声引起了连翘的注意，是那种竭力压抑的争吵声，声音很熟悉，她沿着声音的来源走去……

"我忍受不了了，一刻也不愿意待在这里！"迷雾笼罩的房中，传来一个女子尖锐的声音。

"啪"，一记耳光打在了女人的脸上，紧接着一个男人低声咆哮着："你以为我喜欢待在这里吗？告诉你，你今天的行为千万不要被宝宝知道！"

连翘一怔，这两个声音为什么这么熟悉？

她连忙小心翼翼地上前，一处房门半掩着，轻轻推开，她瞪大了眼睛。

"宝宝？哼！"房中的女人穿着极为华丽，她捂着脸，冷笑道，"谁不知道，你们家全是怪物？"

男人大踏步上前，双手狠狠捏住那个女人的双肩，面色也极为愤恨："我告诉你，这话只准在我面前说最后一次！还有，你以为我想待在这里吗，我比你还想离开这里！"

连翘的泪水渐渐蒙眬了眼睛，渐渐地，眼前的雾更大了，她几乎看不清自己身处何方，只有那一声高过一声的犀利穿透了她的耳膜……

"丫头、丫头……"

在黑暗中，一声声熟悉的低唤漾在她的周围，连翘不难听出声音的焦急，这声音就像一个久违的亲人般令她安心，她开始冲破迷雾四处寻找……

是谁？是谁在呼唤着自己……

阳光透过通透的窗子投射进来，照着床榻上昏迷不醒的人儿，她的脸色一片苍白，一丝血色都没有。

皇甫彦爵蹙着眉头坐在她的旁边，俯下身来，轻轻唤着她的名字：“丫头……”见她一点儿反应都没有，他显然有些焦急，转过头来将眸光落在一位医生身上：“徐医生，她怎么还没醒过来？”

徐医生是皇甫在香港请来的私人医生，他看了看连翘的情形，略微思考了一下后说道：“刚刚我已经为这位小姐做过检查了，按理说她肺部的水都已经排出，没有严重的问题。至于一直没有醒过来，恐怕是受了惊吓！”

“她何时才能醒过来？”他看着她苍白的小脸，心中竟然感到痛痛的，已经习惯了她在自己耳边每天唧唧喳喳的日子，现在她一安静下来，反倒增添了他的恐惧。

“只能是过了今晚再看看了，如果再不醒的话，我建议皇甫先生带这位小姐到医院进行全面检查！”

皇甫彦爵站起身来，他等不到明天，就今天，他不想看到有任何的意外发生。正当他准备将她抱起时，却意外地发现连翘的眼皮在微微颤抖着，长长的睫毛像是染着露水的蝉翼般轻颤。

“连翘！”他连忙调整好她的姿势，声音又急又喜。

连翘缓缓地睁开了眼睛，紫色的眸子渐渐有了波动，就像一个睡去千年的公主般，带着一丝迷离看着眼前的英俊男子。

“嗯……”她的眉头微微蹙动一下。

“丫头，你醒了！”心中的阴霾一扫而光，他俯下身来，几乎没有察觉到自己的神情是那么兴奋。

“徐医生，你过来看看她现在是否没事了！”

“是，皇……”

徐医生刚要说“皇甫先生”，却被他一道告诫的眼光给硬生生顶了回去，他咽了一下口水，虽然不明白皇甫先生为什么这么做，但还是没有再吱声。

一番检查过后，他微微欠身道：“刚刚我已经为这位小姐检查过了，她已经全无大碍。如果感到不舒服的话，可以喝些姜水压压惊，想必这位小姐是吓到了，否则也不会面无血色。”

“有劳！”皇甫彦爵闻言，这才彻底放心，他命管家将医生送走后，重新坐在了连翘的身边。

“感觉怎么样？”他低声问道。

连翘苍白的脸色渐渐缓和了不少，她勾起唇瓣，露出淡淡的笑：“我没事……”声音很轻，却有着大梦初醒后的惊骇。

“对不起，丫头，我不应该放手，否则你就不会沉到水底了！”他带着一脸的内疚，大手轻轻拢过她的秀发。

她看了看皇甫彦爵，眼神微微一暗，她像只乖巧的小猫似的，极其温驯地将头靠在他的怀中，一脸的信赖。

刚刚在那片黑雾中的声音就应该是他的吧，那样低沉，带着安抚人心的力量，一声声呼唤着她，否则她怎么会从那伤心的一幕中渐渐游离？一时间，她感到在自己的生命中又介入了一个关心自己、呵护自己的人！

“龚季飏，你以后会一直这么疼我吗？”她低声问道，像个生怕被遗弃的小孩子似的。

淡淡的笑在皇甫彦爵的唇边逸出：“当然会疼你了！”吟语低喃如同恋人间的承诺一样，他压根就没有发现此时此刻自己的眸子中充满了多少柔情蜜意。

连翘仰起小脸看着他英俊的脸，极其认真地问道：“可是……可是你以后要是娶了老婆，你一定就会疼她，不再疼我了！”

他心头猛然一抽，为什么听着这句话这么别扭！长指轻轻一刮她的小鼻子，下一刻却说了句：“那我就不娶老婆了，这样就可以永远疼你了！”

“太好了！”连翘一副极为乖巧和天真的样子，像极了美丽的梦游娃娃。

怀中的柔软使得皇甫彦爵身体陡然一僵，呼吸变得有些沉重：“丫头——”他连忙将她从身上拉开。

“丫头，其实今天我看到你对水性很熟悉，不像是新手，你应该是会游泳的！”他深呼了一口气，像个长辈似的在她的小脑袋上轻轻摸了摸。

她的小脸明显地一僵，原本带笑的紫眸也变得有些暗淡下来，她垂下头，十根手指慢慢地绞在一起。

他的心头竟然感到软软的，没有说话，也没有逼她，只是那样默默地看着她。这个小丫头有心事！

过了好久，她才抬头，紫眸间也有着令人心疼的水雾：“我确实会游泳，是好久好久以前的事情了，久得几乎快要让我忘记了。”她的声音很轻很轻，像是快要消散的云一样……

眼前男子英俊的轮廓变得有些模糊，他没有开口催促，只是极其耐心地聆听，带着那道如天籁般深邃的目光，看得她心中暖暖的。

“我们家族一直有着优于常人的直觉，也就是第六感，并且因为这种能力而受到王室各个家族的敬畏，所谓的敬畏，其实应该惧怕的成分多一些……”

她的神情落寞异常，落在皇甫彦爵眼中倍觉心疼。

“所有人都以为拥有超强的直觉是多么光荣和幸福的事情，其实并不是这样的。当你异于常人的时候，反而会引来各种异样的眼光，我们也是一样的。这项天生的能力传到祖辈就开始发生了变化，渐渐地只成为了墨夷家族的标志。当时我的父亲终于松了一口气，因为他不必再担心自己的后代遭受世人怪异的眼神了，于是便选择了我的母亲，生下了我。然而当我长得越大，母亲就越来越发现这种天生的因子出现了隔代遗传，我还是具有天生的直觉。我的父母彻底失望了，在我十岁那年，我的母亲带我去海边游泳，我记得那天跟今天一样，天蓝得几乎可以渗出水来，我游着游着，脚却一下子抽筋了。当时我很害怕，不断地喊着妈咪妈咪，但是——我的母亲却不见了，从那天起她就不见了……”

她的身子又颤抖了起来，像是在回忆一件极其可怕的事情。

“好了，丫头，不要再说了，我明白了！”他情不自禁地将她搂在怀中，大手安抚性地轻抚着她的后背，低低的语调带着夜魅的音律，也带着莫名的揪心。

他终于知道了原因，连翘天生熟悉水性，但经过十岁的遭遇后，她的心里便形成了挥之不去的阴影。

每当她看到水或者想到游泳时，自然就会想到母亲抛弃她离去的瞬间，所以，她不是不会游泳，而是忘记了如何去游泳。

说得更具体些应该是她从此之后惧怕水，这种惧怕令她强行忘记自己的这段伤痛。

其实每个人都有自愈能力，当一个人心灵上遭受重大的打击和创伤时，有的人情愿忘记这一切，其实这也是人自身的一种保护能力，将痛苦的记忆埋葬，才使得自己有信心面对生活，勇敢地活下去。

连翘窝在皇甫彦爵的怀中，泪水终于忍不住流了下来，几乎要灼伤了他的肌肤。

"乖丫头，想哭就大声哭吧，就在我怀里，乖……"

他难得这么用心去体贴一个女人，大手轻拍她的小脑袋，言语中带着宠溺和怜爱。

足足半个小时的时间，连翘的泪水才渐渐有了收敛……

"龚季飏，你是不是也会认为我是个怪物呢？"哭过之后，她的声音又干又涩。

"怎么会呢？我从来没有这么想过！"

他下意识地将她的小手揽入大掌之中，连语气都带着不易察觉的怜宠。

连翘像个怕失去温暖的小孩子似的，下一刻将小脸贴在他的胸膛上，仿佛在寻找一份安全感。

"从小到大，只有爷爷是最疼爱我的，我爸妈都是因为这个原因放弃了我。认识你之后，我觉得你好有安全感哦，而且还总是帮助我，所以你不能嫌弃我……"

看着她安心地依偎在自己的怀中，皇甫彦爵感到心头暖暖的，这是一种什么感觉，有点儿涩涩的，还有些甜甜的。

光洁白皙的小脸在他温暖的怀中变得更加美丽和真实。她不由得抬头看着他，紫眸一时间有着片刻的睖睁。

这是她第一次这般近距离地看着他，原来真正的帅哥是经得起仔细审视的。

他真的好帅，这张棱角分明的脸像是天神的鬼斧神工镌刻的般，高挺的鼻梁使得他更具惑人的立体感，而那双深邃的黑眸正在一动不动地看着自己，像深不见底的潭水般令她不由得屏住了呼吸，噙在优美唇边的浅浅微笑张扬着优雅的高贵。他哪里是人啊，分明就是从幻想世界中走出来的王子嘛。

她不由得伸出手指，轻轻地勾勒着他的脸部轮廓，指尖传来的肌肤温暖令她也漾起浅浅的笑意。

连翘仰着小脸，手指从他的眼睛轻抚到他的鼻翼，眼睛眨呀眨的，轻轻开口发出一句赞叹：“你长得好漂亮哦！”

浅浅的笑意从皇甫彦爵的喉间逸出，大手轻轻拉住她的小手：“傻丫头，男人不叫漂亮！”

“不嘛，你就是漂亮！”

“好好，是漂亮，你想怎么说都依你！”

她傻乎乎地笑着，眸光落在他的薄唇上，那唇微抿着，唇边却不见多少笑纹，他不是经常对着自己笑吗，为什么会没有笑纹，难道他在别人面前很严肃？

“丫头，不要这样傻乎乎地看着我！”他的声音粗哑而低沉，眉宇间有着从未有过的烦躁和不耐烦。

连翘被他这样一吼，吓得连忙别开脸去，刚刚还像个大哥哥似的温柔如水，这一刻却变成了一个可怕的男人。

过了好半天，她才抬头，却赫然发现那双厉眸还在一动不动地盯着自己，吓得又将头低了下去。

“龚季飏，你怎么了？”

皇甫彦爵眼神一厉，有些烦躁地一扬手：“不要叫我龚季飏！”

连翘身子一颤，完了，他在生气是不是？连名字都不让叫了？可是，她怎么都想不通自己怎么得罪他了。

看着她眼神暗淡的样子，他在脱口后便有些后悔和心疼了。龚季飏这个名字是他硬塞给她的，她这么叫也是正常的，为什么自己会这么不舒服?

他的黑眸转向她，赫然发现眼前的这个丫头和别的女人不一样。

她虽然是个鬼精灵，却让他有一种想要保护她的冲动，一种来自于内心深处想要去保护的念头。

可是，他在想什么呢?

当初两家提出联姻，是他一口否决掉，为此他的母亲可是差点儿磨破了嘴皮子，这个丫头不是别人，就是将要跟自己联姻的妻子！他怎么可以对她产生这种感觉？一定是幻觉，是幻觉!

“你……你在生我的……我的气？还不让……不让我叫你的……名字，连你……你也嫌弃我？”

连翘真的被他吓坏了，生性单纯的她哪里知道他的心思变化。

“我哪有？没有，丫头，不要胡思乱想！”他额头上的汗都要流下来了，连忙哄劝。他什么时候嫌弃她了？

连翘闻言，将小脸再次深深埋在他的胸膛之中，脸上毫不掩饰地写出依赖：“你对我真的很好，很疼我，就像我爷爷一样。哦，不对，其实在我小时候，爸爸也很疼我的，你要是我的爸爸就好了……”

这是她的真心话，天知道，她从十岁之后就超级羡慕那些有父母疼爱的孩子，可惜，她只有爷爷疼爱，不再享受到这种父爱的宠溺了。

她的话引来皇甫彦爵的眉头紧蹙，鹰眸倏然一眯：“你说什么？”

如果他没得老年痴呆症的话，他应该没有听错。如果他是她爸爸就好了？

连翘怔怔地看着眼前这个阴晴不定的男人，舌头都快要打结了，她又说错什么了吗？还是做了什么又将他得罪了？

“丫头，我不是你爸爸，你也永远不要想着将我对你的疼爱当成是父爱！”他缓缓地吐出这句话，一字一句带着极其抵触的情绪。

连翘猛咽了一下口水：“我刚刚只是打个比方而已……你的年龄当然做不了我的爸爸了，顶多是个哥哥而已……”

她的声音越来越小，这个男人怎么说翻脸就翻脸了？难道让自己幻想一下都不可以吗？

这几天他对自己的疼爱真的就像是父亲一样嘛，疼爱自己，包容自己，她淘气，他也只是微笑着容忍着。但是，怎么就在刚刚，脾气秉性都变了呢？

皇甫彦爵猛然站起身来，脸色变得极其难看和严厉：“我也不是你哥哥！”

说完，便一脸阴沉地走向门口处。“砰”的一声，房门被狠狠甩上，遮住了他伟岸的身影。

房间中只剩下连翘一个人，她早已经目瞪口呆，一脸的茫然加不知所措！

“唉……”

女生寝室中，连翘一副半死不活的样子趴在上铺的床上，连连叹气，下铺则是她的书桌还有一些崭新的、几乎都没怎么看过的医学书。

她的床头以及旁边的墙壁上则体现了女孩子一贯追梦的

习惯，上面夸张地贴满了明星们的海报、画像以及签名照片，还有大大小小的毛绒玩具，几乎要占据了床上一半的位置。

正在书桌旁看书的菲儿听到她叹气后，抬头看着她，笑道："我说小祖宗，你这一早晨叹气都叹三百次了，我可是替你数着呢。什么事情令你这么想不开呢？"

连翘翻了一下身，再次叹了口气，一双紫眸转了转随即看向菲儿："菲儿啊，我生病了……"

菲儿吓了一大跳，连忙放下手中的书，紧张地问道："生病了？哪里不舒服？"

连翘伸出手指指了一下自己的胸口处："我这里老是闷闷的，想哭还哭不出来！"

菲儿极其认真地看着她，想了想："连翘啊，你是不是遇上什么事了，这几天怎么见你一直闷闷不乐的？按理说你赢了游泳比赛应该很兴奋啊，那个木瓜被你气得够呛呢。对了，龚先生呢？"

连翘将头埋在胳膊里，连声音都闷闷的："我不知道，他好像还在生气……"

"什么？"菲儿的声音一下子拔高了，震得连翘直揉耳朵，"他有没有欺负你？有没有占你的便宜？连翘，我现在郑重问你一个问题！"她表情极其严肃地看着连翘。

"嗯，你问！"

"连翘，你爱龚先生吗？"菲儿直截了当，连翘这个人其他方面都很精明，感情方面想必就是一个白痴。

谁知，连翘连考虑都没有考虑，直接回答："爱啊，不过他生气的时候我就不爱，好可怕。可是很多时候他都让着我，就像大哥哥一样！"

菲儿干咽了一下口水。果不其然，正如她所想的，连翘压根儿就不明白此爱与彼爱有什么区别……

正在菲儿想要跟这个傻丫头解释这两种感情有何区别的时候，寝室另外一个女生风风火火地跑进来，带着一脸的兴奋。

“秦馨，你干吗这么兴奋啊？”连翘的注意力马上就转移了，她看着秦馨的笑容，也跟着乐了起来。

秦馨极其亢奋地嚷道：“连翘，快、快出去！”

“怎么了嘛？”

“你的、你的那位黄金财神爷来了，他就在女生寝室外面呢，现在！”

“黄金财神爷？”连翘更是一头雾水，还没反应过来，就被拉了出去。

阳光将女生寝室的楼前草坪映衬得翠绿，更耀眼的是那辆停放在楼前的奢华跑车，车身采用暗蓝和黑色相结合的色调，暗色系列的低调完全彰显了车主一贯的优雅本性。车子旁边早已经围满了学生。

皇甫彦爵戴着一副太阳镜，神态优雅地倚靠在车身上，双臂看似慵懒地环抱在一起。一双鹰隼厉眸虽然被太阳镜遮去，却掩饰不住自他身上散发出来的如黑豹般的劲力和成功男性独有的气息。

周围的男同学们用一脸崇拜和向往的眼神看着他，而女同学们则是一脸的花痴模样，都看傻了。

当他看到楼口处那道熟悉的身影后，紧抿的薄唇微微一勾，优雅而从容。

果然与他想象中的一样，连翘一身白色裙装，像个可爱的洋娃娃似的朝他这边跑过来，脸上还带着令他心情极好的笑容。

连翘跑了出来，当她看到“龚季飏”正噙着唇边的笑容在不远处看着自己时，心“咚”地猛跳了一下。

皇甫彦爵在众人注目下挺起了身子，迈着绅士般优雅的步子朝她走过来。

“你——”连翘还没有将话说出来，她的小手便被皇甫彦爵拉住，裹在宽厚的大掌之中。

只见他什么话都没说，只是拉着她坐到了自己的车子副驾驶位置上，自己转而也坐了上去。

在女生的尖叫声中，这辆奢华的Bugatti（布加迪，法国跑车品牌）跑车绝尘而去。

夜幕渐渐落下，整个皇府被盈盈的光亮勾勒着。室内游泳池中，连翘一口气游了几个来回才上了岸。

这个男人很怪，一声不吭将她带回别墅，也不说要做什么，一头扎进书房就再也没有出来，她倒落了个清闲。

经过书房的时候，她好奇地往里看了一眼，当她看到坐在真皮椅上的皇甫彦爵后，一时间看傻了，她从来不知道这个男人还有这样迷人的一面！

如流水般腻滑的灯光将他最认真执著的一面勾勒了出来。只见他一手轻轻支住下巴，似乎在看一件公文，又像是在批示什么，睿智的光从他那深邃的黑眸中倾泻出来，有着成功企业家该有的姿态。

人家都说，男人最迷人的时候便是深思或执著的时候，看样子一点儿都不假。

既然这么忙，还拉她过来，难道是他怕闷？连翘甩甩头，离开了。

“福姐！”将最后一份公文批示完毕后，皇甫彦爵站起身打开书房门，正好看到福姐抱着干净的浴巾正要上楼。

“大少爷！”福姐连忙上前。

“丫头呢？还在游泳池？”皇甫彦爵抬腕看了一下表，不会游这么长时间吧？

“哦，连翘小姐已经回房间了，这个就是要送上去的！不过，连翘小姐好像没有换洗的衣服！”

皇甫彦爵想了想，说道：“行了，把这些给我吧，你去忙别的！”

“是，少爷！”福姐将浴巾交到他的手中后，退下了。

没有换洗的衣服？

这一点他倒是疏忽了，不过皇甫彦爵拿出一件自己的衬衫，看来，要多为她备些衣服才好！

这个念头一闪而过，却一下子将自己震惊住了，为什么会有这个想法？他甩了甩头，自嘲地笑了笑，拿着衬衫朝客房走去。

客房的浴室中传来一阵阵水声，还有如银铃般的欢笑声，连翘舒舒服服地躺在超大的浴缸中，充分享受着那种温温热热的感觉。

她调皮地吹着泡泡，许是玩得差不多了，才起身简单地冲了一下身子。

擦干身体后，连翘才意识到福姐一直没有将浴巾送过来，怎么回事嘛，没有浴巾她要怎么出去穿衣服呢？

她咬了咬唇，小心翼翼地打开了浴室的门，环视了一周后，将视线落在放在沙发桌边的浴袍上。嗯，就这么办，先跑到那边穿上浴袍再说，反正房间里也没有人。

她是典型的想到什么就做什么的主儿，没有考虑过多，她便像只喷射机一样猛地冲了出去，目标便是浴袍！

就在连翘的手刚刚拿起浴袍的时候——

“丫头，你先暂时穿上我的——”

门一下子被一只大手推开，紧接着，低沉的声音随着皇甫彦爵高大的身躯微怔一下，陡然停住了！

连翘也没想到此时会有人闯进来，嗖地一下躲在了沙发后面，只露出小脑袋，充满抗议地嚷道：“什么事？”

他无奈地摇头：“拜托，将我的衬衫送上来勉强给你做浴袍啊？”

“你……哼！把衬衫扔过来！你向后转！”连翘狠狠地瞪了他一眼，羞愤地嚷道。

看着她愤愤不平的样子，皇甫彦爵噙在唇边的微笑慢慢漾了开来。

长长大大的男性衬衫穿在连翘身上简直都成睡裙了，赤着的小脚毫不遮掩地踩在白色地毯上，她美得像只精灵。

“好怪哦！”

连翘一边拉扯着身上的衬衫一边蹙着眉头说道：“对了，龚季飏，你把我揪来做什么？”连翘随手拿过一个抱枕抱在怀中坐在沙发上，有着孩子似的天真和单纯。

他笑着坐在了她的旁边，伟岸的身子慵懒地倚靠在沙发背上：“假期有什么安排？”

“我啊——”连翘故意拉长了声音，“去野营！你把我拉过来，就是为了问这个问题？好怪的人。”

“野营？”皇甫彦爵挑高了浓眉，“就你一个人？”

“野营当然要大家一起去才热闹啊，我才不要一个人去呢！”

“谁跟你一起？”皇甫彦爵开始了盘问。

“嗯，”连翘伸出小手扳着手指，“有李晓宇、华烽、姜卿轩，还有——”

“都是男生？”不等她说完，他便打断了她的话。

“嗯，对啊！”连翘莫名其妙地看了看皇甫彦爵，说，“那些女孩子胆子都很小，而且是野营嘛，她们自然会嫌辛苦了！”

他下意识地蹙了蹙眉头，野营？那就意味着不分男女都要睡在一顶帐篷里了？想到这一点，他的心里就极为不舒服，甚至心底开始腾起浓浓的不悦。他原本很想带她回美国的。

“不准去！”

呃？

她抬头看了看他，瞬间小脸一仰：“都已经跟人家说好了，我要去！”

“推掉！”

“哼！”连翘气得将小脸转到一边，“我不能反悔，谁要是反悔谁就是小狗！”

“我情愿你当小狗，总之，不能去！”他的眉头蹙了起来，深邃的黑眸间有着流转的漩涡，极为骇人。

她顿时噤若寒蝉，通过这几天的接触，她知道这就是他即将发怒的前兆，怎么办？她低下头，紫眸却在精明地转来转去，绝对不能跟他硬碰硬。

想到这里，连翘灵光一闪，随即仰起小脸，小手钩住他的颈部，一脸的无辜状。

“你都不知道这个学期的科目有多少呢，好累人的。我要是不趁着假期的时间去接触一下大自然，下个学期一定不会有好心情的，你说是不是？”

他感到怀中软软的，伸出大手，在她的后背上轻轻拍了一下：“好了，丫头，不要闹了，去休息吧！”

她见他态度缓和，小心翼翼地问道：“这么说，你是同意喽？”

“不行，我已经说过不准去！”他陡然提高了声调，眉宇间也透着不悦和坚定。其实，他是烦躁于自己现在的心情的！

“哼！”她愣了愣，似乎被他这样莫名其妙的怒气吓到了，过了好半天，她才一下子反应过来，二话没说走到床上，用被子盖住了自己的头。

她的执拗和不听话顿时激怒了皇甫彦爵，他站起身来，大踏步走到床边，一把将被子掀开。

“你在跟我发脾气？”

这种强烈不满的感觉几乎令他要爆炸了，他并不知道，这种感觉就是嫉妒！

他一向自恃沉稳，也从来没有这般失控过，但是今天却为了这么一个小丫头不听话而发狂。

“腾”的一声，连翘翻身起来，她干脆站在床上，叉着腰，一双紫眸瞪得圆圆的：“龚季飏，你真的很讨厌耶。我要睡觉了，到了12点钟我一定要睡觉的！”

“答应我，不准去！”皇甫彦爵语气生硬地再次命令道。

“喂，你凭什么这么管我？”她忍无可忍，同样大声回吼着他，毫不示弱。

“丫头，你真是越来越不听话了！”他鹰眸微微一眯，全身散发着如野兽撕碎猎物的生猛之气。

感受到这份扑面而来的危险气息，她强行咽了一下口水，故作镇定地说道：“你又不是我什么人，我不要你来管我！”

他大手一抬，擒住她的下巴，声音低沉地说了句：“你再说一遍！”

他的表情很平静，平静得有些吓人，连声音都很是低沉，就像是山雨欲来风满楼的感觉……

连翘不由得打了个冷战，但还是强打着镇定和倔强，低喃了一句：“本来就是嘛，你又不是我什么人啊！”

她的话还没有说完，整个身子便被皇甫彦爵抱起来，然后猛地扔在了床榻之上，她发出一声闷哼，五脏六腑都快要被摔出来了。

“很痛耶，你干什么？”

“痛？”他一脸的生猛之气，该死，她竟然说自己不是她的什么人，这种被排外的感觉令他怒火中烧。

她的眼泪都快要流下来了，这个男人就像是变了一个人似的。

“放开，放开！”她拼命地挣扎着。

“休想！”他勃然大怒，一双黑眸怪异地看着连翘因挣扎而变得红润的脸颊。

他真的生气，这两天都很生气，正是因为生气才进而发觉自己内心的不对劲的。他很介意连翘把自己当成长辈看待，更反感她甜甜地说自己像哥哥，可是，他就是将这个丫头当成妹妹啊，这种矛盾的心情令他烦躁不已。

生性单纯的连翘压根就读不懂其中的意思，可是他的眼睛好可怕，吓得她不敢动弹。

“龚季飏，你欺负人……”她强行将那种想哭的念头压下去，紫眸充满了恐惧。

他没有说话，只是一动不动地看着身下的她。

他性感的喉结滚动了几下，连翘看到他的眼神越来越深邃，她心里慌慌张张的：“喂，龚季飏，你——你——”

皇甫彦爵唇边勾起一丝奇异的笑，修长的手指钩起她的小脸。

“丫头，我现在的确不是你的什么人，不过你马上就会变得不一样了！”

谁知——

他看到了将会毕生难忘的一幕！

这个丫头竟然睡——着——了！

该死！

只见连翘紧闭着双眼，晶莹的泪水还挂在粉颊上，而一只小手还抓着床单，但——明显地，她是睡着了，有规律的呼吸声无时无刻不在诠释着她梦中的酣甜！

皇甫彦爵瞪大了双眼，此时此刻他连杀人的心都有了，在这个时候，这个丫头竟然睡得着？他不由得产生一种深深的挫败感！

这个死丫头竟然在这样一个令人激动的时刻睡着了？他百思不得其解，下意识地抬头看了看时间，已经是午夜12点了！

“龚季飏，你真的很讨厌耶。我要睡觉了，到了12点钟我一定要睡觉的！”

连翘刚刚说过的话一下子跳进了皇甫彦爵的脑中！12

点钟一定要睡觉，这又是怎么一回事？是她到了12点钟就困了？

不过就算再困，面对这种事情的时候，她怎么睡得着？难道她就不怕别人会趁人之危？

看着怀中的女人，睡得一脸酣甜，一脸毫无戒备，皇甫彦爵真是又可气又好笑。真是世间活宝了，这样的情况他活了整整二十八年都没有见过！

他轻叹了一口气，她就这样毫无防备地躺在自己面前，衣衫不整。

他的大手轻轻一拉，将被子盖在她的身上，然后眷恋地将她脸颊上的泪水轻轻拭去，她的不循常理引来他浅浅的笑。

他疯了吗？怕是吓坏她了吧，否则怎么会含着泪水睡着呢？

他修长的手指轻抚着她细滑白嫩的小脸，眼中那种复杂的神情难以遮掩，他不得不承认自己对这个丫头产生了兴趣。

“安心地睡吧！”

他再次轻叹了一声，随即俯下身来，在她额头上轻轻印下一吻……

清晨，四周的草木全然都清醒了，散发着淡淡的清香。然而一通电话以及话筒另一端诡异的笑声，打破了清晨的美态，令皇甫彦爵的后背一阵发凉……

“你说我现在是叫你彦爵还是季飏呢？”

皇甫彦爵闻言不慌不乱：“你的消息还真是灵通。”

“皇——甫——彦——爵！你要死呀！”一声咆哮几乎要震聋了皇甫彦爵的耳朵。

“喂喂喂，龚季飏，我还没有步入中年，你不用这么大声跟我说话的！”他呵呵笑着。

“你死定了，跟自己的未婚妻交往干吗冒用我的名字？明天你将会在香港看到我，我一定要当她的面揭穿你！”

“喂，龚季飏——”

“等着吧！”

电话一下子被挂断了，皇甫彦爵好半天才反应过来。那个家伙一看就是有备而来的，如果连翘那个丫头知道自己一直在欺骗他，非得联合龚季飏那个家伙一同拆了自己的骨头不可。想想他就出了一身冷汗……

正在苦想，他见到正在别别扭扭用着筷子的连翘，顿生一计。

她已经穿回了自己的衣服，一头乌黑的长发也梳成了利落清纯的马尾辫。看她蹙着眉头，右手换成左手，再左手换成右手，怎么也用不利落筷子后，他不由得抿唇一笑。

“傻丫头，筷子怎么能够这么用呢？”他坐了下来，将她手中的筷子拿过来。

连翘看到他坐在了身边，想到昨晚他那么可怕，感到一阵毛骨悚然。她二话没说，就想端起自己的那份早餐站起来。

“坐下！”皇甫彦爵不慌不忙地下着命令。

连翘打消了远离他的念头，灰溜溜地瞅了他一眼，那张不阴不阳、毫无表情的脸让她很难猜测这个男人在想些什么。

皇甫彦爵忍俊不禁……

“喂，你笑什么？”连翘看着他微勾的唇，一脸戒备地问道。

这个男人好怪，原本以为他好优雅、好温柔，但经过昨晚，她真是怕了他，如果猜得没错的话，他一定是有人格分裂症！

皇甫彦爵将她那种怪异的神情尽收眼底后，扯开笑容：“没什么，我只是想到昨晚……”

“咣当”，精致的银筷子一下子砸在了盘子上，发出一声清脆的声音。

“昨晚，昨晚你到底对我做什么了？”连翘终于忍不住了，她大声质问着他。

皇甫彦爵故作惋惜，将筷子再次塞到她手中后，轻声说道：“筷子应该这么用！”

“喂！”连翘“啪”地将筷子再次放在桌上，小手死死揪住他的衣袖。

“不准你转移话题，快说！”

“你这似乎不是求人的态度！”皇甫彦爵不愠不火，慢条斯理地吃着早餐，和她一副焦急的神情形成鲜明的对比。

“呃？谁说我是在求你——”

“你不是想知道昨晚究竟怎么了吗？”

“你——”连翘恨不得将桌上的白粥扣在他的头上，看着他一副小人得志的样子她就好恨！

“其实啊——”皇甫彦爵慢悠悠地开了口，优雅地喝了一口白粥。

连翘连忙竖起耳朵仔细听他要说什么，不过看着他一副慢条斯理的样子，她简直急坏了。

他心底暗自笑着，然后又甩出了半句话：“昨天晚上啊……”

连翘的耐性很快就被磨光了，忍不住咆哮了：“喂，龚季飏，你还是不是男人了？怎么说话吞吞吐吐的？”

皇甫彦爵停下手中的动作，斜长的眼微微挑了一下看向她，似乎在责怪她的突然打断。

她连忙闭上了嘴巴，做出一副乖宝宝的样子。

“这样不就乖了吗？”他满意地看着她，拿出纸巾轻轻擦拭了一下嘴角，“其实昨晚的事情很简单，该发生的都发生了，不该发生的也发生了，你真的好可爱——”他爽朗地大笑。

暧昧不堪的言语传递着令人误解的意思，连翘瞪大了眼睛：“什么叫该发生的都发生了，不该发生的也发生了？你把话说明白了，你到底对我做什么了？”

皇甫彦爵大手一扬，揉了揉她的头顶：“昨晚呢，我有心放过你，没想到12点钟刚过，你就像只小野兽似的扑向我，还真是可怕呢！”他故意扭曲事实，一脸的委屈状。

什么？连翘当场愣住了。

她主动欺负人家了？怎么可能呢？

“你骗人……”她的语气十分无力，因为她真的记不得昨晚到底发生了什么事情。

不过，她的确是遗传了墨夷家族的特征，每天一到12点钟，无论她在前一分钟有多么清醒，到了那个时间肯定会昏睡过去，无论是在什么地方。

小时候她并没有发现这个毛病，那是因为在那个时候她早早就睡下了，到了大学后，她才渐渐发现了这个问题的严重性。

上了大学，经常和同学们出去玩是很正常的事，而且香港一向是夜生活丰富的城市，所以经常会玩到很晚，但是，问题随之也就来了。

每当到了12点钟，她就会不受控制地睡过去，害得同学们经常要背着她将她送回寝室。时间一长，大家都喜欢将“瞌睡虫”跟连翘联系在一起。

难道这种情况发生了改变？12点钟的时候，她不再是睡觉，而是喜欢做一些连自己都无法知道和控制的事情？

连翘越想越觉得全身发冷……

“呃，那个……”她扭扭捏捏地开了口。

皇甫彦爵停下手中进食的动作，看着一脸扭捏的她，极其有耐心地等着她的发言。

连翘润了润唇，小心翼翼问出了心中的疑问：“那个，我昨晚是怎么欺负你的呢？”

皇甫彦爵伸手抬起连翘的下颌，她下意识地仰面迎视着他，心中一震，那双黑眸仿佛有种强大的吸附力一样，将她牢牢困住，她跌进那双幽深的眸子中，一时间，大脑无法思考……

“傻丫头，这种事情怎么可能用口头就说得明白？”说到这里，他薄唇微微一勾，陡然逼近，俊脸蓦然在她眼前放大。

“要不我们再演习一遍昨晚的情景？”

男子身上的龙涎香不断沁入鼻间，带着一种蛊惑人心的味道。

她的脸一下子红了，拼命地摇头，小手还用力地摆动着：“不、不、不，算了算了！”

皇甫彦爵看着她，她的神情如同梨花中带着一丝红晕，极其迷人和可爱，这个早晨令他一扫昨晚的阴霾，心情很愉快！他却随即想到了龚季飏的电话。

“丫头啊——”他故意延长了语调，一脸的哀默神情。

连翘乖乖地看着他，惊奇于他神情变化之快。

他满意地看着她一副认真的样子，将想要爆笑的冲动压下了。

“我刚刚接了个电话，可能以后我们都不能在一起了……”

他的神情更是一副哀伤悲痛的样子，就像是生离死别似的。

“什么电话？这个人是谁嘛？”她实在忍不住了，连忙问了出来。

“唉——”他将身子完全靠在车座上，闭上眼睛，似乎是一脸的沧桑。

看着他一副疲倦的样子，连翘更是不安了，她轻轻扬起小手，将他微蹙的眉头抚平：“喂，你不要这样嘛，到底发生了什么事情啊。还有，到底是谁给你打的电话啊？”

他缓缓睁眼，一丝促狭转瞬即逝，看着她一字一句地说出：“皇甫彦爵！”

什么？

她的手抬在半空之中都忘记收回了，怔怔地看着他，似乎没有听清他口中的名字。皇甫彦爵吗？怎么可能是他？

“他，他怎么……”她开始结巴上了。

皇甫彦爵的两只大手下一刻落在她的肩膀上，神情认真地问道：“丫头，你跟我在一起的日子开心吗？”这句话倒是发自内心的。

连翘连考虑都没有考虑，一个劲地点头。

“皇甫彦爵，也就是你的未婚夫，不知道从哪儿得知的消息，知道我和你在一起后，十分生气，刚刚打来电话跟我发了一通脾气。说你这个丫头很坏，专门来破坏我和他之间的友谊，要我马上离开你！”

连翘闻言，先是震惊，而后便是愤怒。

“他凭什么这么说我？”

一阵狂吼几乎要将房子掀翻：“电话呢？他的电话呢，给我，我要好好骂他一通，是他不对在先，现在竟然恶人先告状！”

“听我说，丫头！”

他按住她几乎要发狂的身子，清了清嗓子道：“你这样冲动是不行的，我还是将你还给他吧，他本来就是你的未婚夫嘛！”

连翘一阵紧张，扑到了他的怀中，小脑袋拼命地摇着。

“不，不，我不要跟他在一起。”

虽然昨晚的一幕令她心有余悸，但同这件事比起来还是不足以引起心中的恐慌。

看着她一副很是依赖的样子，皇甫彦爵不由得感到一阵窝心，也为自己的行为感到有些许惭愧，但事到如今，只能不断地来圆谎了。

“可是，他一定要咱们分开啊，还警告我不要对你这么好，那怎么办呢？”他的大手轻抚着她的后背，故意说道。

“哼！”她一下子将头抬起来，一脸的义愤填膺，“如果那个该死的男人在我面前出现的话，我一定会将他碎尸万段！”

看着她紫眸中闪烁着恶魔般的火焰，他咽了咽口水，这个丫头这么厉害，要真是她知道自己骗了他，那么他肯定是逃不过被碎尸万段的命运!

“呃，丫头，你不用着急，那个皇甫彦爵明天就会到香港！”

季飏啊，你可千万别怨我，本来想着处理完香港这边的事务就回去了，谁知道你偏偏在这个时候跑过来，只能牺牲你这个小我，成全我这个大我了。皇甫彦爵在心中默默念叨着。

“嘿嘿，他明天如果来香港，就死定了！”

果不其然，连翘闻言，一双紫眸闪烁着“恶毒”的光，看得皇甫彦爵的后背又一阵发凉……

Chapter 第三章 俏冤家

在爱情的世界里，总会有那么一些离奇的事情发生，或哭或笑，却总是难忘的……

和煦的日光落在树叶间的缝隙，透着一股子明媚和灿烂的动感。

“救命啊！”当一辆奢华的车子缓缓驶进路口时，树林深处的一角隐蔽之地也随之发出一阵阵的呼救声，将原本的宁静稍稍打破。

“吱！”车子猛然刹住，随即在原地停了下来。车门被一只大手打了开来，紧接着，男人英俊挺拔的身影便从车子中下来，一双多情的美眸带着与生俱来的惑魅。

“来救我啊！再不来人我就要死了！”

杀鸡般的求救声像电钻一样钻进了男人的耳朵中，呼天抢地的声音中带着异乎寻常的夸张。

“咝！”男人蹙着眉头揉了揉耳朵，这个女人的求救声分贝还真是高得可以，但怎么听怎么有着一种难以言说的味道呢。

他，龚季飏，是四大财阀中玩性最强的一个，不像凌少堂那样假正经，也不像冷天煜那样假清高，更不像皇甫彦爵那样假孤傲，他从来都不掩饰自己的兴味。

他一路沿着呼救声走过去，迈着优雅而稳重的步履，一步步朝着树林深处走过去。终于，他看到了不远处跌坐在地上的那个小姑娘。

“喂，这边，这边啊！”当连翘一眼看到他的身影出现在不远处的时候，兴奋地舞动着双手。没错，就是照片中的这个男人——“皇甫彦爵”！该死的他，终于舍得来了，她一定要整死他不可！

“小姑娘，你怎么了？”龚季飏只觉得这个女孩子的面部表情有些怪，一时间竟然分不清是哭还是笑。

“我说这位老兄，你不会没看到吧？我的脚崴到了耶，痛死人啦！”连翘看着他唇边漾起的浅浅微笑就觉得刺眼，恨不得上前狠狠骂他一顿。

就是这个男人，凭借着自己的美色勾三搭四不说，还敢拒绝这门联姻！真是可笑，他看不上自己，她还看不上他哩，虽然他本人要比照片上的还要帅气迷人！

看着她一副小嘴不饶人的样子，龚季飏眼中兴味十足。他干脆蹲下来，极有耐性地看着她，说道：“我看你蛮有力气的嘛，声音竟然能够穿透这个树林，小小的崴伤应该难不倒你的吧！”

一句话说得连翘差点儿背过气去，她的小手在裙后死死地攥着，恨不得等他上前打他一巴掌！

“你真是老土，这是人在困境中的本能反应，好不好？如果我不那么大声地呼救，万一到了晚上都没人来救我怎么办？哎呀，不要说废话了，我的脚很痛耶！”

这个男人还真是难对付，怎么让他走近就这么困难？要不怎么说四大财阀的人一个个都是狐狸，老奸巨猾的！上前救一个人还这么小心谨慎！

龚季飏微笑地看着眼前这个小丫头，真的假的啊，一点儿都看不出疼痛。不过他一向是本着乐善好施的心，来搭救那些需要帮助的人，怜香惜玉，他还是要恪守的。

“好吧，我就勉为其难帮你一把！”他笑眯眯地说着，缓缓站起身来，身后大片的阳光被他高大的身材遮住。

连翘的心开始了狂跳，在她紧张的注视下，龚季飏渐渐走近。她的呼吸都开始变得不顺畅了，而且目光也渐渐转移到他的脚下。近些，再近些，再近些！连翘在心中默念着，那种即将得到的成功感马上就要迸发出来。然而，他优雅的步伐却在最关键的地方停下来了！

连翘大吃一惊，她连忙仰起头看着离自己已经很近的男人，只见他正用怪异的眼神看着自己，心中不由得一阵发毛：“喂，你还愣在那做什么？上前救人哪！”

龚季飏唇边微微一勾，英俊的剑眉也随之一挑，在连翘的震惊中干脆坐在了地上。

连翘感到头皮一阵发麻，心里也七上八下的，她用力地咽了一下口水：“喂，你干吗坐下来？难道你没打算救我吗？”

龚季飏将她的一脸焦急尽收眼底，他反倒是不慌不忙地问了句：“救是一定要救的，只不过我还没想好为什么要救你！”

什么？连翘还真是头一次听到这样的理论，她冲口而出：“喂，你还是不是个男人了？救人还要有什么理由吗？赶走强悍的人帮助我们弱小的正是像你这样的男人们应该做的事情哩！”

龚季飏闻言，微微蹙了一下眉头，好半天才反应过来：“你是想说‘锄强扶弱’吧？”

连翘脸上闪过一丝尴尬，她故作镇定地扬声道：“我喜欢怎么说就怎么说，哪像你，一点儿都不是个男人！”

龚季飏闻听她的指控后哈哈大笑：“我活了二十八年，今天才被人否定男性的身份。”

“喂，你到底救不救嘛？我的脚真的动不了。你放心，你的救命之恩我绝对不会忘的！”连翘心里焦急万分。

龚季飏随手扯过一根青草，懒洋洋地叼在嘴上，一副邪魅的样子：“你不像需要帮助的样子嘛！”

“为什么？”她脱口而出，速度之快简直令人怀疑。

龚季飏一笑：“你的眼神中一点儿求助欲望都没有。说吧，谁指使你干的？”

连翘狂捏了一把汗！这个男人的眼神太过犀利了吧，连她的眼神表达了什么都一眼就能看出来！她压根就不知道，龚季飏经历了多年的商场历练，自小便在各种角色中转换，自然而然，猜测人心与人心计谋便成了最基本的能耐。连翘毕竟还是个学生，城府再深也不及他的冰山一角。

“不明白你在说什么，什么指使啊？难道还有人指使我在这里崴了脚不成吗？真是的，不救就不救吧，还在那里净说风凉话，哼！你走吧！”连翘敛下眸子故意说道。

“好。”龚季飏站起身来，一脸邪魅地拍了拍身上的草屑。

“既然如此，我走了！”他真的转过身朝着相反的方向走去。

“喂！”这简直是连翘始料未及的，她没想到这个男人会在这个时候这么听话，让他走他就走。那刚刚让他救人他怎么就不救呢？

看着龚季飏那个英俊挺拔的背影，她气得牙根都痒痒，随即抓起身边的一块小石头，朝着他用力地掷过去。

“唔！”石头不偏不倚正好砸在他的后脑勺上，龚季飏一声闷哼，转身脸上邪魅的笑容僵在唇边。

“哼！”连翘心里乐开了花，她故意瞪着他，一脸看戏的样子。最好他气急败坏地跑上来找自己算账，那么……嘿嘿，他就完全中了自己设下的圈套……

龚季飏看着她眼中转瞬即逝的那抹灵光后，唇边再次勾起一贯邪魅的笑容，以一副了然于心的表情看了看连翘后，再次转身。

谁知，就在他刚想迈步的时候，“哇”一声如同杀猪般的哭声再度响起，令他惊悚不已。

龚季飚马上回头，却看到身后的小姑娘将脸埋在双手间，哭得十分伤心：“喂，你哭什么？挨打的可是我！”

“只是让你把我扶到医疗室里而已嘛，干吗要见死不救呢……呜呜……人家一会儿还有课呢……”连翘没命地大哭着，柔弱的肩头还一颤一颤的。

看到她哭哭啼啼的样子，龚季飚觉得，自己是否太草木皆兵了？是否真的就是冤枉了人家小姑娘呢？再看看她，瘦瘦弱弱的，单纯得像个孩子，就连刚刚扔石头的动作也天真得很。想到这里，他无奈地一摇头：“好了好了，小姑娘不要哭了，是我不对。来，我带你去医疗室！”

连翘没有抬起头，还在嘤嘤地哭着，不过龚季飚的话她倒是听见了，而且，她真的听到了那沉稳的脚步声正在一步一步地靠近……

哦耶！她的心又开始狂跳了起来，压住那种想要爆笑的欲望，小脸更加深深地埋在手心之中。

“小姑娘，来……”他一脚踏上那个看上去全是青草的地方，随即——

“扑通！”

“啊！”随着一声惨叫，他整个人都消失了，接下来，便听到“咔嚓”一声……“啊，该死的丫头！”又是一声痛苦之音。

“哈哈……”连翘带着得逞的狂笑，居高临下地看着龚季飏一脸的愤怒和不可思议。“怎么样？上当了吧。哦，千万不要试图去挣扎哦，那个老鼠夹是新的，力量可大了，你越挣扎就会越痛，嘻嘻。”她实在忍不住了，干脆坐了起来，笑得前仰后合的。

“你这个丫头，竟然忘恩负义，我好心救你，你却整我！”龚季飏脸色铁青，他气得都快要抽筋了。

她还真是拿了一副崭新的老鼠夹来对付自己！

连翘大摇大摆地站起身来，叉着腰，笑得像个恶魔似的：“喂，你以为我会领你的好心？真是可笑，我都快要被你害死了，你倒一副无辜的样子。我告诉你哦，这只是刚刚开始，拜拜。哈哈……”

“你给我回来把话说清楚！”龚季飏咆哮，而脚也因为钳制而传来一阵阵疼痛……

车子稳稳当当地停在众多学生的眼前，在阳光下散发着那种与众不同的贵族之气。女学生们纷纷驻足留守，都在期待着这位车主的庐山真面目，但车子里空空如也，一个人都没有……

连翘拉着菲儿，笑得一脸奸诈。

“连翘啊，你说他会不会打击报复啊？我总感到心里惶惶的。还有，这件事情一定会被校长知道的，他可是四大财阀的人呢！”菲儿一脸的担忧。

“放心吧，这次我一定会让他尝尽苦头，要他知道我连翘可不是好惹的主儿，他要是敢打击报复，我一定会让他好看，嘿嘿。”连翘笑得极其贼，尖锐的笑声几乎令菲儿瞪大了眼睛。

“可是，可是……”菲儿结巴着下意识回了一下头，眼睛倏然瞪大，“连翘，他出现了！”

连翘也回过头去，却看到“皇甫彦爵”高大的身影出现在树林中的路口处，坏意再度蔓延眸底。“喂，帅哥！”她叫道。

“该死的丫头，我正要找你，你倒是主动送上门来了！”龚季飏一见连翘，恨不得将她吊起来。

“啊？你找我啊？哈哈，我知道你要跟我算账嘛，怎么样，老鼠夹的滋味好受吗？”连翘丝毫不畏惧地问道。

“你就是连翘？”龚季飏也不糊涂，他跟这里的女生又没有仇恨，如果真是有仇的话，那也就只能是连翘了。不过，是皇甫冒充了自己的名字嘛！

“还算你识相啦，知道我是连翘。喂，你的脚怎么样啦？”她突然极为好心地问道。龚季飏泛起警觉：“拜你所赐，我的脚现在很痛。你们医疗室在什么地方？”

“嘁，你用这种命令的语气对我啊？我才不告诉你哩，痛死算了！”连翘叉着腰，故意气他道。

“你……”

“怎么？很气愤是不是？上前来追我啊！追到我任你处置！”她得意洋洋。

“你以为我追不到你？”龚季飏看着她一副调皮的样子，真是气不打一处来。

连翘朝他做了个鬼脸道：“猪头男，你就是追不上我，哦，我可以尽地主之谊让你一下，你可以开车追我啊，哈哈。”说完，她还在原地猛跳了几下，故意刺激龚季飏。龚季飏哪里受过这样的气，更别说是被一个小姑娘牵着鼻子走了，但是他的脚的确生疼。他二话没说，走到车子前，开车总能追上这个臭丫头了吧！他低咒着去拉车门。怎么回事？车门拉开了，他想要松开手，更惊悚的一幕出现了！他的手竟然被粘在车门上了！

“哈哈……”又是一声爆笑，只见连翘一边指着龚季飏，一边将手按在肚子上，笑得简直肚子都疼了！

“该死的丫头，原来又是你！”龚季飏忍无可忍发出一声咆哮！这个女孩子竟然在他的车门上刷了强力胶，现在他的一只手正被牢牢地粘在车门上，动弹不得。连翘大摇大摆地走到龚季飏面前，调皮地做了一个鬼脸：“咦？你不是要来追我吗？怎么一动不动地站在这里？”她故意绕着他转了一圈，然后夸张地问道：“谁跟你这么深仇大恨呢，竟然把你粘在这里了？一看就是你仇家太多喽！”

“该死的丫头，我跟你无冤无仇的，你竟然三番两次地暗算我，太可恶了！”龚季飏恨不得拆了连翘的骨头。

连翘歪着头，斜着眼看着他：“喂，皇甫彦爵，你不要将自己说得那么委屈好不好？如果不是你的话，我会受到那么大的屈辱吗？你以为仗着自己高高在上，想要拒绝谁就拒绝谁，真是太可恶了！”

噼里啪啦说了一大通，龚季飏终于从一头雾水中反应过来！哦，这个小姑娘原来将自己当成皇甫彦爵了，难怪一上来便来势汹汹，不过，她为什么会将自己当成皇甫彦爵？

龚季飏脑海中一下子闪现了皇甫彦爵的脸颊！一定是他，让这个女孩对自己产生了误解和仇恨！

“小姑娘，你以为单凭这一点就能困住我？”他终于将自己那种想要咆哮的冲动压了下去，换上的则是一脸的轻松和一贯的邪魅。

连翘不以为然地笑了笑：“我可以好心地提醒你，这可是强力胶的，只有医疗室才有办法让你的手解放出来。可惜哦，我不会替你通报的，还有千万不要大力去挣扎啊，否则啊，皮会掉的，哈哈。”龚季飏不怒反笑：“多谢你的提醒，不过——即使这样，我也有办法走到医疗室！”

呃?

这下轮到连翘愕然了，她怔怔地看着眼前的这个男人，一时间没有想通他话中的意思：“嘿嘿，你不会要抬着车子一起走过去吧？”龚季飏一挑眉：“怎么，你认为我做不到？”连翘怔了下，不服气地迎上他的眸子：“好，不管你用什么方法，只要你能走到医疗室，我就认输！”

龚季飏爽朗一笑：“小姑娘，这可是你说的，如果你到时候不认输的话，那么就算是失信之人了！”

“哼，没错，就是我说的！”连翘叉着腰，一脸挑衅地看着他。龚季飏不再说话了，在连翘和其他女学生的注目之下，一探身，从车子上取出一只类似于夹子的物品。连翘刚开始还嗤之以鼻，但渐渐地，随着龚季飏的动作，她脸上的笑也一点儿一点儿僵硬在唇边。不仅是她，就连菲儿，还有四周早已经围得满满的其他学生也瞪大了眼睛!

他竟然只是用一个夹子而且是一只手便将一个车门卸了下来！女生们不断传出惊叹的声音，甚至眼里都带着那种无比崇拜和爱慕……

待车门完全卸下来之后，龚季飏举着车门一步步走向连翘，她的脸都绿了!

“小姑娘，等着受罚吧，回头见喽！”龚季飏笑得很贼很贼，那口在阳光下闪烁的白牙令连翘想到了镰刀，带着寒光的镰刀。

一下午的课上得很是无精打采，因为连翘一直在提防那个“皇甫彦爵”将会有什么样的报复行动。可到了晚餐时间，还没见到任何的报复行为，连翘更加坐立难安了。

正当气氛有些沉闷时，菲儿风风火火地跑了上来，手里还端着一份河仔面，“啪”地放在桌上，口里不停地说道：“完了完了，死了死了！”连翘本来就是草木皆兵，闻言连忙问道：“菲儿，你说什么死了死了？”

菲儿咽了一下口水：“学校出事了。我刚刚经过废弃楼，却见那里早已被校方封死，听说有人跳楼了！”

“什么？跳楼？是学生？”连翘惊愕万分。

菲儿低叹：“不清楚，校方好像是在低调处理这件事，连围观的人都驱被散了。不过，”她的语气顿了一下，看了看连翘，“我听说那个人死得很离奇，死相也很吓人的……”

“什么！”连翘大惊……

天色渐渐暗淡了下来，西沉的日光也开始被即将到来的月光所替换。整个实验楼都笼罩在不阴不阳、不明不暗的色调中，同时也映出连翘娇小的身影。

电梯在地下一层停住了，当电梯门缓缓打开时，连翘不难看到感应灯下那照得血红的“-1”……她没来由地打了个寒战，明明没有风，为什么她会感到后背一片冰凉？

感应灯将整个走廊照得光亮无比，长长的走廊安静极了，她几乎可以听到自己喘气的声音。很是奇怪，平时上解剖课都比这个时间段要晚得多，为什么今天这里却给她带来一种异样的感觉？脑海中又响起菲儿最后补上的一句：“校方这次很奇怪耶，据说这具尸体暂时是留在我们地下一层的，好像没让警方带走呢！”

她的疑惑更深了：“学校死了人，就应该配合警方进行尸检，为什么尸体还会留在学校？”影子被拖得长长的，落在走廊光洁的地面上，她小心翼翼地路过一个房间，却敏感地听到一阵窸窣的声音，像小心翼翼的脚步声一样……

她的头皮一阵发麻，她第一反应便是想要拔腿就跑。但冷静下来后，一股好奇赶走了恐惧。她轻轻推开门，眼睛一点儿一点儿地贴上去。

这是一间有些奇怪的房间，房间里闪烁着幽暗的光亮。通过光亮能够隐隐约约看到一些事物的轮廓，这里不是存放尸体的地方，却在一个靠近墙角的地方，隐约有着一个类似停放尸体的床，床上面覆盖了一块白布。

连翘强行咽了一下口水，后背死死地贴在门上，她不敢确定白布下面是怎样的尸体。她一步步靠近，小心翼翼带着一丝胆战，缓缓地拉开了白布。

白布下面的一幕令连翘连尖叫的本能都忘了。她终于知道，一个人在遇上极端恐怖的事情时是绝对喊不出来的，因为这才是人体承受恐怖的极限。

正在这时，耳边便传来一阵低沉的声音：“离开这里！”

连翘猛然醒悟拔腿就跑，待跑出大楼，她大口大口地呼吸着新鲜的空气，虽然楼外也是昏暗幽然，但起码有月光，这才是她熟悉的世界。刚刚到底是怎么回事？简直是太可怕了！

一只大手陡然拍在她的肩膀上。

“啊！”惊魂未定的她又是一声尖叫，回头看到一张英俊邪魅的脸颊！“皇甫彦爵？皇甫彦爵！”她像是见到亲人似的，一下子扑到他的怀中，双臂紧紧地搂住他的颈部死死不放。龚季飏一脸尴尬地任由她搂着，好半天，他才扬起大掌，轻轻拍着她的后背道：“好了，没事了！”

连翘所有的委屈和恐惧在一瞬间得到了释放，刚刚的尸体恶心得令她快要崩溃！她忍不住大哭起来，而龚季飏也只好无奈地任由她在自己身上发泄。待他的耳膜快要被她震聋时，她才由刚刚的号啕大哭转为轻声抽泣。

龚季飏含笑地看着她：“小姑娘，如果我没记错的话，你是学医的，怎么看见个尸体就吓成这样？”

“那个……那个尸体太吓人了嘛。”连翘哽咽着说道。

“又好奇又害怕，你这个小丫头还真有趣。”龚季飏无奈地笑了笑，“跟你捉弄我的样子差得太远了。”

“我捉弄你也是有原因的……”连翘声音闷闷的，“谁让你当初总是拒绝婚事了。还有，那个木瓜本来就是我的死对头，你还和她谈恋爱，我当然气不过啦。要不是你的话，我也不用受那么大的委屈了……”

看着她越说越起劲的样子，龚季飏干脆靠在树干上，唇边勾着一贯邪魅的微笑，原来如此！

夜晚的香港，显得有些多情，又有着奢华暧昧的味道。MINT高级私人俱乐部中萦绕着优雅的音乐，处处彰显着超凡脱俗的高贵和美感。独立的贵宾休息室中，宫廷黄与富贵暗红打造出一派低调而大气十足的环境，精致的桌面上摆放着袅袅升起香气的茗茶，只消淡淡从鼻尖掠过，便有一种悄然入怀的诗意。

精致的镶嵌着水晶的门被一只大手推开，缓缓开启之际，梦幻般的华光将立于门前的那道伟岸身影拉得更长。

一直在静静等候的皇甫彦爵见到来人后，径自站起身来，唇边带着如王子般优雅的微笑，迈着轻松的步伐走向门口处的龚季飏。谁知，还没等他开口说话呢，衣领便被龚季飏的大手陡然揪起，大有一副生死决斗的架势。

“哎哎哎——”

皇甫彦爵不躲也不闪，只是依旧带着温和的笑容道：“虽然我们有一段时间没见了，但你这个见面礼送得也未免大了些嘛！”

“我想，当拳头挥在你英俊的脸颊上才能算作是真正的大礼，不是吗？”龚季飏笑得很是邪恶，迷人的桃花眼此时此刻透着男性独有的魅力。

皇甫彦爵故意深叹一口气道：“你以为我想这样吗？那个丫头你应该也看到了吧？如果一开始就让她知道我就是皇甫彦爵，她非得当场便把我血放了，那个丫头什么事情都能做得出来。你知道我在港大第一次算是真正认识她时，她在做什么吗？”

龚季飏一挑眉，大手一松，自顾自地坐到了沙发上：“她那个野丫头，除了调皮捣蛋还能做什么？”

皇甫彦爵脸上露出怪异的神情，他坐在了另一边的沙发上道：“调皮捣蛋呢，是分很多种的，我是从来没有见过这么调皮的女孩子！那天我看到她的时候，她不知道从什么地方抓来很多只蟑螂往另一个女孩子的衣服里倒进去，结果弄得整个礼堂蟑螂乱爬。那个场面简直是太壮观了！”

龚季飏刚喝了一口茶水，听到这段一下子“噗”地喷了出来。心想：老天，那是个什么样的女孩子啊？一点儿女孩子的规矩都没有，竟然喜欢玩那么恶心人的东西！

“震惊了吧？我当时在台上也在感叹这个时代变化的神速，所以她骂我时，我哪敢正大光明承认我的真实身份。要是被她知道，还不知道会想出什么更恶心人的招数来对付我，说不准会让我吃下一整只死老鼠……”皇甫彦爵说到这里，竟然浑身打了个寒战！

“你不会想要冒充我一辈子吧？拜托，老兄，我可是要娶妻生子的。”龚季飏怪叫了一声，不知所措地看着他。

“走一步看一步了，总之我在香港的日子也不会很长！”皇甫彦爵轻叹一口气，想到不久后就要离开香港，心中竟然有着淡淡的失落。

“走一步看一步？啧啧，这不像你的作风！”龚季飏眼尖地发现他眸间的那一抹逝去的黯然，唇边勾起笑意。

皇甫彦爵只是淡淡一笑：“呵呵，说到底，她只是个丫头而已！”他似乎在说服自己一样。

龚季飏不作任何反应，自顾自地沏着茶。

“的确是个小丫头，在我眼里，还是个单纯的丫头。今天连翘也算是吃一堑长一智了！”

“此话何解？”皇甫彦爵品了一口茶淡淡地问道。

“校园里今天出事了！”

“出事了？”皇甫彦爵几乎是忙了一天的会议，压根儿没有时间顾及其他的事情。

“没错！”龚季飏点点头，“死者是跳楼身亡。不过很奇怪的是，校方竟然禁止尸体外放，而是要求停放在地下室三天！”

“这的确很奇怪，这种要求很不合理！”皇甫彦爵想也没想便说了一句。

“更奇怪的是，警方竟然同意了！”龚季飏笑得很是怪异。

“哦？”皇甫挑了一下眉毛，他也没想到会发生这种情况。

龚季飏品了一口茶继续说道：“对于死者的死因和身份，我一直觉得很是蹊跷，本来想趁着学生们都在用晚餐的时间去调查一番，没想到却在地下室遇上了那个冒失的丫头。这个丫头也真是的，想去冒险就胆子大一些嘛，结果被吓得差点儿魂飞魄散！”

“什么意思？她被谁吓得魂飞魄散？”皇甫的手微颤了一下，连忙问道。龚季飏笑得很是邪魅，悠哉地说了句：“尸体。”“还有，”他指了指自己的鼻子，“我！”

皇甫差点儿被茶水呛到，原本暗如深海的眸子瞬间瞪大：“你疯了，连翘只是个姑娘家，你没事吓她做什么？”

龚季飏淡然一笑，正所谓“当局者迷，旁观者清”，一个人即使城府再深，也会有被人看穿那天的，正如皇甫彦爵，连他自己都未察觉的心思便被龚季飏看穿了。用他的话来讲就是四大财阀那三个人的心思他是了如指掌，就连最细微的心思变化也能察觉？

让皇甫这个家伙能够正视自己的感情着实是一件难事。想想看，连翘那个丫头是他名义上的未婚妻，原本他就本着拒绝的态度，一口拒决了这门亲事。而今，他却开始心系这个女孩子……所以，作为他的挚友，龚季飏一定会在必要的时候“帮”他一把，为他“雪上加霜”，哦，不，应该说是“雪中送炭”！

龚季飏挑着眉，指了指皇甫：“人都说女生外向，我看这句话不尽然，应该是男生外向才对。还没怎么着呢，就开始埋怨兄弟了！其实，比起尸体来讲，她是被我吓到了。”

皇甫眼中窜出一丝疑惑：“不明白你的意思！”

龚季飏清了清嗓子道：“今天当我进入地下室时，就看见连翘在那个房间里，这个丫头想必被尸体的样子吓坏了，连跑的力气都没有了，最后还是我拉着她一起跑出了地下室！”

皇甫彦爵听得一愣一愣的，过了好久，他才将嘴巴合上：“只是一具尸体，有什么可怕的？”

“尸体倒是没什么，只是死者的样子的确吓人。确切说来，更像个实验品！”

“实验品？这话是什么意思？”

“就是死相离奇，死因离奇。我注意了一下尸体的脸，像是用什么化学药剂进行过腐蚀一样。想想看，如果只是单纯的跳楼身亡，死者的脸不应该是这样的。”龚季飏认真地分析道。

皇甫彦爵沉默了，低头陷入了思考，良久，他才抬头问道：“那连翘怎么会被你吓到？”

龚季飏哈哈大笑：“那丫头真逗，在尸体面前吓得腿都软了。我只想跟她打声招呼而已，没想到却吓得她哇哇大叫。想想今晚也不是毫无收获，至少我知道被整的原因了！”

“她跟你说什么了？”皇甫彦爵紧张地问道。

龚季飏撇了一下嘴：“放心吧，暂时没有供出你的罪行来！”皇甫松了一口气，随即一下想到了龚季飏的话，连忙警觉地问道：“你的‘暂时’是什么意思？”

“嘿嘿，”龚季飏缓缓地站起身来，高大的身影将头顶的灯光遮住大半，他笑得很是邪恶，慢条斯理地说了句：“到时候你就知道喽！”

皇甫没来由地打了个寒战！

偌大的礼堂里坐满了研究生部的同学，他们都是院方精心选出的。连翘一个劲地打着哈欠，昨晚惊心动魄的一幕令她做了一晚上的噩梦。礼堂主席台上出现了校长的身影。原本嘈杂的礼堂一下子安静了下来：“各位同学，请安静一下。”同学们噤若寒蝉地看着台上的校长，不知道他要对大家宣布什么事。

“想必大家也看到了，坐在你们周围的全都是品学兼优的同学。我们这里是国际知名学府，培养出了各类优秀人才。今天我将告诉大家一个好消息，闻名世界的四大财阀将会在你们之中选出出类拔萃的一员，利用这个假期去很好地了解财阀的整体运作，还有机会参与财阀的商业决定。当然，这是不分系别，也不分男女的，只要是符合条件的同学，都将有这个机会！”

校长的话音刚落，台下就像是炸开了锅似的，议论纷纷。大家都激动不已，尤其是女孩子，谁不想能有机会跟四大财阀的总裁接触啊！

只有连翘一个人，脸上丝毫表情都没有，只是不屑地说了句：“嘁，我当是什么重要的事情呢，原来还是跟四大财阀的人有关，无聊！我还以为校方能交代一下昨天的跳楼事件呢。”

“小祖宗，昨晚都被你的经历吓死了，还提？”菲儿白眼道，“你说，今天来学校的应该是龚季飚还是皇甫彦爵呢？或者是其他两个财阀的人？”

“谁知道呢，不过，”连翘微微皱了一下眉头道，“我倒是有几天没有看到龚季飚了。哼，他也不知道在做什么！”竟然不来学校找她？难道他知道皇甫彦爵来香港了？

菲儿掩唇一笑道：“看样子我们连翘情有所归了！”她可不难看出连翘的心思。这个小丫头一向单纯得很，如果不是喜欢上那位龚先生，怎么会总是将他的名字挂在嘴边？这在以前可是不曾有过的呢。连翘闻言，漂亮的小脸蓦然一红，娇嗔道：“菲儿，你说什么呢？什么情有所归嘛？搞不懂你在说什么！”

“真不懂还是假不懂啊？连翘，你脸红了！”菲儿故意取笑她道。

“我哪有脸红？才没有呢！”连翘死活不承认。

就在两个人嬉闹间，校长的声音再度传来：“今天我们很荣幸请到了龚氏财阀总裁亲临现场。他将会根据手中的名单亲自来选取幸运儿，让我们用掌声请上龚氏总裁龚季飚先生，有请……”台下立刻传来尖叫声和如雷般的掌声。连翘的眼中也带着期待和笑意，原来是龚季飚来学校了。这次跟上次不同，他竟然直截了当地宣布自己的身份！

菲儿取笑：“刚刚还念叨着龚先生，这下子满意了吧，他一定会……啊……”她还没说完，一声惊叹便从喉间逸出，眸子顿时瞪得大大的，就像是看到了什么震惊的事情似的。

“你怎么了？”连翘被她这副样子吓到了，也顺着菲儿的目光看去，下一刻，娇小的身子也顿时怔住了。她甚至连震惊的叫声都没有了，一时间就像是被人点了穴似的，愣在那里。

在狂潮般的掌声中，台上的灯光将男子映得格外清晰：他身材高大，一举一动中带着凌人的气势。英俊的面容上流转着勾魂的桃花眼，唇边虽然勾着邪魅的笑意，却有着一副玩世不恭的神情，仿佛世间所有的事都在他的掌控之中一样，全身散发出一种凌人的气势，似乎天生就是一个王者，所有人都要屈居在他之下。

这就是龚季飏，不折不扣的龚氏财阀总裁！在一阵高过一阵的尖叫声中，龚季飏坐在了主席位置上。他邪魅的眸子带着无法入眼的笑意扫向了台下的同学们，冷厉的目光只是简单地环视了一圈，便准确无误地锁定在了连翘美丽的小脸上。看着她一副呆若木鸡的神情，他性感的唇角再次忍不住微微勾起！很好，他要的就是这种效果！

“各位同学，大家好！”片刻，他将目光从连翘的脸颊上移开，缓慢地开了口，低沉而优雅的嗓音透过话筒简直美若天籁，“很高兴今天能与各位才子见面，我是龚季飏！”

所有同学都屏住了呼吸，女生们则一个个都心跳加速，脸红不已。一句“我是龚季飏”如当头棒喝，将连翘猛地惊醒。她伸出手指，颤抖着指向台上的那个邪魅男子，对着菲儿结结巴巴地说道：“他怎么会是龚季飏？这、这怎么回事？他不是皇甫、皇甫彦爵吗？”

菲儿震惊了。

连翘感到呼吸都开始变得紊乱了，她的大脑一片空白，只是看着台上的那个男人嘴巴在一张一合的，却已经听不进去他在说什么了……他才是龚季飏？那么，一直陪在她身边的那个男人又是谁？

低沉好听的声音在礼堂的上空回荡……“连翘！”这种被直接点名的感觉如雷击般砸在连翘的头上，只见龚季飏正漾着笑容，看着她僵硬的神情。她的这副窘态落在校长眼中简直是辱没了港大的荣誉，他脸色一沉，厉声道：“连翘，你在做什么呢？龚先生已经选中了你，还不上台来？”

呃？连翘一时间没有反应过来校长是什么意思，周围那一道道嫉妒加羡慕的目光几乎刺痛了她的内心。

“不，不，我不去！”她一下子反应过来了，连忙用手抱着其中一把椅子，就像是要逃命似的。

“什么？”校长当场震惊，全场则也是一片哗然……

“连翘！赶紧给我上台！”校长恨不得立刻就跳到台下去亲自将她揪上来，这个丫头究竟在怕什么？天知道下面有多少同学羡慕她呢，她倒好，竟然对这次千载难逢的机会毫不在乎。

“龚先生，”他将头转向龚季飏，不好意思地说道，“您看要不要换个……”

龚季飏抬手打断了他的话：“校长，让其他的同学都散了吧，我亲自跟连翘同学谈谈！”

“好，好！现在散会！”校长嘘了一口气，看到正要溜的连翘时，又喝道，“连翘，你留在原地不准动！”

连翘就像是被人点了穴似的一动不动地立在那里。同学几乎都是带着嫉妒的眼神看着连翘，尤其是茱蒂，满眼都冒着怒火，她冷哼一声，和死党们离开了。

最后偌大的礼堂里只剩下龚季飏和连翘两个人。

龚季飏懒洋洋地动了一下身子，然后微微一探身从位置上站了起来。台下的连翘连连后退了几步，一双紫眸也充满警惕地看着他！龚季飏唇边扯开笑容，挑了挑眉：“怎么，心虚了？”连翘咽了一下口水，清了清嗓子：“谁心虚了？”

“不是心虚你躲什么？放心吧，虽然你认错了，也报复错了人，不过我不会怪你的。”龚季飏挑了挑眉，一副极度“善良”的模样。

“真的？”连翘半信半疑地盯着他，怎么看他都不像那种很好说话的人。

龚季飏笑而不语，只是点了一下头。连翘上下打量着他，良久再次问了句：“你……真的是龚季飏？”

龚季飏伸了一个懒腰，脸上的笑容更深了，映在英俊的脸颊上真是极其迷人。

“没错，如假包换！”

连翘怔了怔，忽闪着大眼睛：“那……你将我留下来做什么？该不会是打击报复吧？”

“别紧张，刚刚校长不是已经说明原因了吗？”

连翘惊愕了几秒钟，大眼睛眨呀眨：“真是去龚氏？”龚季飏点头。连翘想了想，马上摇了摇头：“不去！没意思。”“去龚氏不是为了让你玩的，而是，”龚季飏的身子朝前一探，坏笑道，“替你报仇啊！”

“替我报仇？”

见她一副迷糊的模样，龚季飏也不介意自己再做一次“好人”，他慵懒地开口道：“难道你不知道皇甫彦爵再过两天就要离开香港了吗？”

连翘睖睁了一下，他这么快就要离开了吗？心突然酸酸的，就像是喝了很多酸水一样令她难受不已。

“皇甫财阀的总部也在美国，他骗了你那么久，难道你不想让他吃点儿苦头。去龚氏只是一个噱头罢了！”

斗志立刻在连翘的紫眸中腾起！对啊，那个该死的男人骗了她那么久，难道就想这么一走了之，岂不是便宜了他，绝对不行！

“丫头，跟我一同赶往美国，我会做你的军师！”龚季飏坏坏地怂恿着。

半山别墅，开了一天会的皇甫彦爵亲自驾驶着车子拐进了林荫小路，一道显眼的路障挡在了他的面前。将车子停下后，皇甫彦爵走了下来。该死，谁这么大胆，竟然在他的地盘放这个东西？这个小路标上面很是招摇地写道：“前方有陷阱，小心开车！”

皇甫彦爵蹙了蹙眉头，这是什么东西？他只是一天没有回别墅，怎么会多出道路障，而且，什么叫前方有陷阱？前方不远不就是自己的别墅嘛！

皇甫彦爵摇了摇头，想必是哪个无聊的人在无聊的时刻做出了如此无聊的行为吧！想到这里，他叹了一口气，大踏步上前，伸手准备拔掉这道路障。

就在他的大手接触到路障后，意想不到的事情发生了。

他只觉得双脚踩上了软绵绵的东西，紧接着，整个身子猛然下沉。

“啊！”伴着一声低吼声，他从地面上消失了，紧接着，只听“咔嚓”一声，又是一阵痛苦的哀号声……

良久，他才反应过来，自己早已经掉进了一处精心挖好的大坑之中，更可气的是……他一脸懊恼地看着死死夹住自己脚踝的老鼠夹子，该死，不用想这一定是那个臭丫头干的了。她可真行，竟然能够挖出这么深的大坑来，而且还找来如此给力的老鼠夹子。所用的手段跟当时对付龚季飚的如出一辙。

该死的丫头!

皇甫彦爵攥紧了拳头，他真是恨不得将这个臭丫头暴打一顿，竟然这么整他!

“啧啧！”正当他愤恨不已的时候，头顶上传来一阵嘲笑声，他循声望去，却看到连翘像是看着小白鼠似的看着他，“咦？皇甫彦爵，哦，不对，我是不是还应该叫你‘龚季飚’先生呢？你走路这么不小心啊，竟然在自己的家门口阴沟翻船？这是不是就叫做‘恶有恶报’呢，哈哈。”

她笑得很是畅快，干脆盘腿而坐，看着皇甫一副狼狈样子备感快意。

“没想到你这个丫头心肠这么坏，早知道如此，我就不会一次次帮你了！”皇甫彦爵真是恨不得将她也扯下来。

连翘闻言，立刻站起身来，生气地说道：“哼，你帮我？真是笑话，从头到尾你都是骗我的，你只是在耍我玩罢了。看着我被耍得团团转你很高兴是不是？”说完，她还夸张地用力跺了跺脚，四周的泥土松动，随着她的跺脚纷纷落下。

“好了好了，你别跺脚了！咳咳……”四溢的灰尘呛得皇甫彦爵一个劲地咳嗽。

连翘席地而坐，笑得前仰后合：“皇甫彦爵，你现在知道自己造了多大的孽了吧？竟然冒充龚季飚的名字来骗我，像你这种人就应该接受教训才好！”

她的笑声盘旋在他的头顶上，就像是阴魂不散的魔音似的，令他无奈至极。到了今天他才知道什么是“虎落平阳被犬欺”。

“好好好，大小姐，一切都是我不对，是我不应该骗你在先，你——你不会想在这里困我一辈子吧？”皇甫彦爵叹了一口气。想必当时龚季飏掉进连翘的陷阱中也是如此心情吧！早知道会这样，当初他一定会毫不犹豫地前来帮忙。这下倒好，龚季飏这家伙一定会笑得不知道有多开心了。该死的丫头，看来这次是来势汹汹了。

连翘不以为然地耸了耸肩膀，站起身来，拍了拍身上的轻尘：“你呀，慢慢在这里忏悔吧。本姑娘不奉陪了，嘻嘻！”

“喂，小丫头。”皇甫彦爵连忙喊道。

“有何指教？皇甫先生？”连翘故意笑得很是“善良”，居高临下地看着他。

“你不会就这么把我扔在这里吧？”皇甫彦爵尽量让自己的面部表情看上去很温和，不至于那么狰狞，起码要先上去再说啊。

“不好意思，我刚刚忘了告诉你，你脚上的那个老鼠夹子是越挣扎就会越紧的那种——比龚季飏的那个高级多了。祝你好运哦，好好在这里思考一下你的人生究竟出了什么问题！”连翘掩唇笑着，然后潇洒地摆了摆手离开了。

“喂，你给我回来！小丫头！小丫头！”皇甫彦爵大喊大叫，他的人生怎么会有问题，这就是陷害！十足的陷害！

如果不是龚季飏这家伙存心挑事，他怎么会落到如此地步？

炙热的空气中，树上的知了叫个不停，校长室中却充满了丝丝凉意。校长面色凝重地看着眼前的女人。她只消站在那里，即使不说话也透着令人无法捉摸的神秘感……她一进门，便直截了当地说了句：“我要求看地下室的那具尸体！”开门见山的方式着实令他大吃一惊。一是这个女人怎么知道校园里死了人？二是她竟然知道目前尸体还在学校，而且被搁置在地下室中？

这令他一时间难以接受。半晌，他才神情极为不自然地说：“这位女士看样子很喜欢开玩笑，我不明白你在说什么，什么尸体？”女人看了看校长，漠然开口：“这具尸体，校方根本就解决不了。既然如此，又为何不让死者入土为安？”

校长吓愣了：“你到底是什么人？”

“墨夷染容，专门接手死因不明的尸体！”女人上前，嗓音风轻云淡。

校长彻底傻了：“我凭什么相信你？”

“就连警察也束手无策不是吗？”墨夷染容没有多加理会，自顾自在沙发旁坐下淡淡说了句。她拿出塔罗牌，默不作声地摆了一个很是奇怪的阵形，抽取了其中的八张牌，当最后一张牌在她手中被翻出后，她脸上稍稍凝重的神情开始有些舒缓。

校长的嘴巴惊愕得几乎可以咽下整个鸡蛋。

“今晚10点钟，地下室！”她将牌收好后，淡淡地说了句。

校长一怔，很明显他没有反应过来，一时间不明白她在说什么。

“请校长配合我的时间，晚上10点钟，请你清空大楼中的所有人，我会替你处理尸体！如若不然，将会再添血案！”说完便离开了校长室。

睖睁了半天的校长陡然打了个寒战，从这女子进来到离开，就像一抹游魂似的毫无声息。尤其是听了她的话，寒意更是从发梢蔓延至脚尖。这种离奇的事情令他无法释怀，更无法去相信……

夜晚，淡淡的薄雾四溢，将整个校园笼罩在一片朦胧之中。下自习后，学生们三三两两地结伴回寝室，有的则是继续留在图书馆中挑灯夜读。整个实验大楼里空无一人，这是院长的规定，今天所有的实习课全部取消。虽然师生们都很有异议，但也不得不按照校长的吩咐去做。

快10点钟的时候，墨夷染容在校长专门准备好的办公室里准备着解降的物品，她脸部的表情极为从容，一双紫眸也似乎波澜不惊。房门一下子被撞开了，紧接着，连翘鬼灵精怪地探头进来：“阿姐，真的是你啊，刚刚看到你的背影差点儿没敢认呢。”

“阿妹？”墨夷染容意外地笑了笑，看了一眼时间，“虽然我很想跟你叙旧，可是时间快到了。”

连翘不以为然地笑了笑：“阿姐，你要解降对不对？我就说嘛，那具尸体一定有问题，阿姐，人家是来帮你的嘛！”

“帮我？”墨夷染容哭笑不得，“你这个丫头不要给我添乱就可以了！”

“谁说我会添乱了？喏，我可是把人给你带来了！”连翘歪着头抗议着，话音刚落，便用力地拉进来一个大男人！

“喂喂喂，连翘，你这么用力，我可是会闪了腰的！”

男人邪魅的声音扬起，好听得如同美酒般醉人。

“喂，龚季飚，你有没有搞错嘛，这才不到10点钟而已，你不要一副无精打采的样子好不好！是你说的，无论什么忙都会帮的嘛！”连翘用力地甩动着男人的胳膊，一脸耍赖地说道。

龚季飚大手一摊，俊朗的眉宇也好看地一扬：“好好好，我不是已经跟你来了吗？”

“这位就是我表姐了，墨夷染容！”连翘笑得很单纯，两颗小虎牙也闪烁着如水晶般纯净的光芒。

龚季飚伸出大手：“墨夷小姐，久仰大名。”

他早就听闻这个名为墨夷染容的女子，不但在医学界有着怪才的名头，就连她的直觉力和精通占卜的能力也令人咋舌。

墨夷染容微微一笑，与龚季飚大手相握。定睛看着眼前这个高大的男人，这是她第一次见到龚季飚，原来他就是四大财阀中的龚氏！这个男人不简单！这是墨夷染容的直觉！刚刚这个男人虽是漫不经心地看了自己一眼，但从他的目光中，她已经察觉出了他与众不同的精明和深邃！

“没想到龚先生对那具尸体也很感兴趣。”

龚季飚哈哈一笑：“我是闲人一个，自然会找些有趣的事情来做做。”

“龚先生应该不单单是闲来无事这么简单吧？”墨夷染容则用一种全新的目光打量着眼前这个男人，他说得虽然云淡风轻，她却知道没这么简单。

龚季飚微微一勾唇：“墨夷小姐很聪明。明人不说暗话，我对那具尸体的确很感兴趣，确切地说应该是对死者的死因很感兴趣。”墨夷染容点头，还想再说什么的时候，校长匆匆赶来。看来他也的确想要解决问题，准备放手一搏了。在他见到出现在夜幕中的女人身影时顿时松了口气，大步上前，却着实吓了一跳："龚先生，您怎么？"龚季飏耸了耸肩膀："只是好奇来看看而已。"

校长不明白他话中的意思，睖睁间便被连翘拉到一边："安啦，校长，多个人多份力量嘛。"

"连翘，你怎么也在这里？"校长更是震惊了，天哪，他可不想让自己的学生参与进来。

墨夷染容走上前声音轻淡地说了句："她是我的表妹！"

校长这才反应过来，看着连翘对着自己做鬼脸的样子，脸都绿了："连翘，你也要进去？"

"当然了。"

"不，她不进去！"墨夷染容坚决地打断了连翘的话。

"阿姐……"

"乖乖听话，不要让我分神！"墨夷染容拍了拍她的小脸，听说她被尸体吓到过，还是不要进去为好。

连翘只好点点头，只不过粉雕的小脸上有着一丝丝的小委屈。墨夷染容看了看身边的龚季飏，淡淡地说了句："龚先生，我们进去吧！"

龚季飏哀号了一声，大有壮士赶赴沙场的感觉。

一走进实验楼，一阵莫名的阴冷袭来。电梯的门很快打开，缓缓开启之际，地下一层的阴寒之气似乎更加明显了。

"这里似乎比我上次来的时候感觉更差！"龚季飏收起吊儿郎当的模样，英俊的眉宇下意识地蹙了蹙，笼罩着一份谨慎。

墨夷染容将罗盘针拿出来，上面的指针晃个不停，她点了点头：“没错，这里的阴气很重，所以我们感觉就会很糟糕。”

“阴气？墨夷小姐不会以为这世上有鬼吧？”龚季飏笑了笑。

墨夷染容环视了一周，又看向他：“龚先生，这世间万物的能量都是守恒的。所谓‘阴气’一说，也只不过是一种能量体现而已，灵魂学家一般喜欢将其称为‘负能量’。至于世间是否有鬼魂这就不得而知了。”

龚季飏点头，他并不是个迷信的人，但也不会否定无法用科学来解释的事情！很快，他们站在了走廊的顶端，长长的走廊在感应灯的映照下散发着清冷的光芒，左边则是一间挨着一间的实验室。

“在第三个实验室！”龚季飏示意了她一下。

墨夷染容点了点头，毫不畏惧地走了过去，拿出校长早先为她备好的钥匙，打开了房门。

迎面的空气令人一阵发寒，墨夷染容不由得蹙了蹙好看的柳眉，两个人二话没说走进了房间，就着走廊上的灯光，不远处的床上停放着一具尸体！

尸体的样子看上去比之前更可怖，竟然像是蜡封的一样。

“怎么会这样？”龚季飏记得第一次见到的并非如此。

“这是尸蜡！”墨夷染容轻声做了解答后，戴好口罩，也戴上验尸手套，从随身携带的工具箱中拿出一些工具来，开始仔细检查着尸体的现状。

“尸蜡？”龚季飏也曾经听说过，不过没有亲眼见过。

“死者死亡的时间不长，怎么尸体会形成尸蜡？”

所谓尸蜡，是一种极其罕见而特殊的尸体现象。形成的原因是由于尸体要长期处于水中或者埋在空气不流通的土壤之中，空气不充足，所以会限制了腐败细菌的繁殖，腐败进展缓慢，同时体内水分渐渐侵入皮下，皮下脂肪开始渐渐分解为酸酯和甘油，甘油溶于水中流失，酸酯则与水中的钙、镁、铵等离子结合发生皂化生成羧酸盐。羧酸盐形如石蜡，难溶于水而使尸体固定保存下来，这样的尸体现象称为尸蜡。

但是，按照正常分解现象来讲，成人的尸体一旦形成尸蜡，最少都应该是一年的时间，可是这具尸体……

“这也是警察无法介入的原因，一个死亡时间很短的死者竟然会形成尸蜡现象，的确为警方带来很大的困扰。这件事一旦外泄，会造成社会的恐慌。”墨夷染容轻叹一口气，说。

从尸体身上取出一些样本后，她又补充道：“尸蜡的唯一好处便是能够将死者的病理或者伤痕完整地表现出来。我需要进一步做切片分析才能查明真相！”

“接下来要怎么做？”龚季飏好奇地问了句。

“封固尸体，以便于我下一次的检验。”墨夷染容将一滴看上去透明的液体滴在了尸体上，奇怪的事情发生了，原本布在尸体上蜡状的物体又加厚了一层。

“尸体并不可怕，可怕的是背后的真相。尸体能够在短短时间内就变成了尸蜡，原因绝对不简单。”

龚季飏点头，眼前这个女子是出了名的神秘莫测，不过她的精准判断也是有目共睹的——如果她认为事有蹊跷，必然是有一定根据的。

夜晚的风将一切拉回现实，当他们出现在夜色中时，一直在外面等待的几个人马上上前。

校长连忙上前：“墨夷小姐，请问那具尸体……”

“警方那边我会交代，尸体暂存在地下室。记住，生人勿近。”

校长闻言，脸上立刻露出惊骇之色。

墨夷染容轻轻一摇头，看向连翘：“阿妹，你要离开香港是吗？不久后我们会在美国相见的，见面后再聚吧！”墨夷看上去真的很累，顾不上与阿妹的叙旧就连忙回酒店休息了。

龚季飏一脸震惊地看着墨夷离去的身影：“她怎么什么都知道？”

“当然了，我阿姐很有本事的。不但医术高明，会占卜，直觉也超准！”连翘一副“你很白痴”的样子看着他。

龚季飏耸肩，天下奇人怪事果然很多：“小丫头，你们也马上放假了，该跟我走了吧？”

“你真的帮我？”

“当然！不过，”龚季飏突然极其神秘地说，“到了美国之后你一定要听我的话，我说什么，你绝对不能有反对意见，明白吗？”

连翘掩住唇，一双紫色的大眼睛转了转，好半天才说道：“你说得好神秘！”

“那你是答应还是不答应呢？这可是唯一能够整倒皇甫彦爵的方法哦！”龚季飏不断诱惑她说道。

连翘想都没想，连连点头后一转身就要跑。

“喂，我的话还没说完呢，跑什么？”龚季飏一把将她扯回来。

“我去预订酒店啊，难道去了美国我要睡大街吗？”连翘倒是想得周到，将这次的美国之旅幻想成一次旅行。

龚季飏笑得很“和善”，他闻言摇了摇头：“不，酒店你不要订了，因为到时候你会直接住进‘皇府’！”

“皇府？哇塞，龚季飏你好牛耶，竟然有皇府？是哪个王爷的皇府？难道是哪个皇帝的？”连翘很显然误解了龚季飏的意思，震惊得连眼睛都瞪大了。

她的话令龚季飏差点儿吐血。

“连翘，‘皇府’是皇甫家的别墅，你去了美国之后会住进皇甫彦爵的家里！”他一字一句地告诉她。

呃？连翘当场愣住了，半天没有说话！

Chapter 第四章 妖精驾到

生活，总会有那么一点的不期而遇，却像个高明的设计师，在设计着彼此的爱情命运，就这样，淡淡的，有着一丝甜蜜……

整个会议室充满了繁忙的节奏，一个上午，皇甫彦爵连续开了三场会议，忙得腾不出一丝空闲，整个皇甫财阀就像战场一般。会议室中，高层人员不断地在汇报着自己所负责的业务情况，一串串数字精准到小数点后的N位，皇甫彦爵则一身冷硬西装坐在主席的位置上，优雅的脸上有着成功商人的精锐和鹰芒。

“皇甫先生，您现在看到的是有关香港分部的业绩情况。在香港一共有十三家独立的子公司，他们……”其中一位主管对着大屏幕上所呈现的数据分析图解释道。

后来的话皇甫彦爵基本上没怎么听进去。很是意外的，“香港”这两个字像个小飞虫似的在他脑海中不断地飞绕……不知道那个小丫头怎么样了？他就这么一声不响地走掉，她会有什么反应？是不是会恨死自己了，又或者是会想念自己？

想到这里，皇甫彦爵竟然苦笑了一下，看样子真是忙晕了，怎么会认为那个小丫头会想自己？连翘巴不得自己出丑呢。

想到在香港的最后一天，他简直连自杀的心都有了，没想到那个丫头还真是下手极快，在他不知道的情况下竟然能够挖出那么大的一个坑来。这还不算什么，当他真是费了九牛二虎之力爬了出来后，再准备开车的时候却绝望地发现，车门上不知何时已经涂上了强力胶水，将他一只手牢牢粘在上面……

这个丫头重复着曾经对龚季飏做过的一切，不过龚季飏是机械天才，他可不是，龚季飏可以单凭一个极其简单的工具就能将车门完整地卸下来，可是他不行啊。那一刻，他真想将连翘这个小丫头抓回来，狠狠打她的屁股！

无奈之下，他只好打电话叫人来帮忙了，而恰巧又赶上美国总部这边有一些紧急的会议，于是便连夜赶回美国！不过，这个仇他一定要报。该死的小丫头，个子那么小，鬼点子倒是不少！

正在作报告的主管突然见到总裁的薄唇扯动一下，露出从未见过的苦笑。等等，竟然是苦笑。他顿时瞪大了眼睛，这一瞪不要紧，所有会的高层都将注意力集中在总裁身上，纷纷看到了令他们大吃一惊的神态！天哪！他们总裁这是什么表情？

那位主管吓得咽了一下口水，心想：难道是自己的报告哪里做错了？不会吧？

“呃，皇甫先生，这个数据我已经检查很多遍了，应该没有错……”他小心翼翼地说道。

皇甫彦爵一下子反应过来，他看了看四周惊愕的眼神，再看看那个惊慌失措的主管，恢复一贯的冷静道：“行了，你继续说下去！”

皇甫彦爵竟然觉得有些好笑，开会走神这是他接管皇甫财阀后从未有过的情况，今天竟然也会犯这个低级的错误！重新投入工作中的皇甫彦爵并不知道，就在此时此刻，自己所住的地方——皇府，正在上演着令他终生难忘的一幕……

美国，皇府。

连翘终于理解“人多势众”的含义了。她睡意正浓时却被一大群人强行拉进车子中，她丝毫没有从迷茫中反应过来。这是一辆极为奢贵的房车，还是加长版的，车子开动的瞬间，连翘心里一阵哀号：“爷爷，你的孙女被人绑架了……”

看着眼前这个过于拘谨的女孩子，展初容尽量让自己看上去更和蔼一些，只不过她实在禁不住那种想要惊叹的心情：“你们快看这孩子，简直是太漂亮了。尤其是这眼睛，是美丽的紫罗兰颜色呢，啧啧！”

“是啊，我看啊，我们的孙子也会很漂亮的！”皇甫御风也一眼看中了这个未来的儿媳，笑得简直合不拢嘴。

皇甫彦廷也凑上前，勾着迷人的微笑，高大的身子猛地探前，似乎在仔仔细细打量着连翘：“嗯，不错不错，大哥的眼光还是蛮好的嘛！”

连翘强行咽了一下口水，额头上的汗都要流下来了，这到底是些什么人啊？听口气不像是绑匪绑架她来换钱，好像是在贩卖人口？天哪，简直太可怕了，看他们一个个衣着光鲜亮丽的，没想到却是可恶的人贩子。不过，等等——这些人贩子好像有些面熟呢。她很想仔细思考一下，但就目前这种形势，她怎么可能集中精力思考呢？

这时，展初容将她的小手拉起，笑容可掬地问道：“我应该叫你连翘呢还是Kuching？”一句话落下，连翘顿时瞪大了眼睛！天哪，她连自己的名字都知道！简直太可怕了，可见这群人是有组织有纪律的！她想要将手抽回，谁知却被展初容拉得更紧。

“你们到底是什么人？”连翘都快要被吓哭了。她的话令展初容反应了过来，只顾着高兴了，都忘了自我介绍了。

“不要害怕，孩子，我是彦爵的母亲，这位是彦爵的父亲，这位是家中的老二，叫彦廷，我身边这位小美女是小妹缨缨！”展初容笑得很是慈祥，拉着她的手轻轻拍着说道。

连翘顿时瞪大了眼睛，连嘴巴都张得大大的，心想：他们、他们是皇甫彦爵的家人？

看着她一言不发，皇甫御风误会了她的意思，他叹了口气说道：“孩子啊，季飑将一切都告诉我们了。是彦爵对不起你，他不该把你扔在香港。这个浑小子简直是不像话，你放心，伯父一定会为你做主的！”

连翘的心这才完全放下来，原来真的是龚季飑，他可真是够意思，说帮她就帮她。看着眼前这两位老人，连翘开始慢慢喜欢他们了……

“你们真的给我做主吗？皇甫彦爵他真的很坏，他骗我……”连翘满脸的委屈。“放心吧，既然我们决定接你到家里去，一定会让那个浑小子负责的！”展初容坚定地说道。“嗯！”连翘用力地点了点头，“在香港他就总欺负我，还骗了我那么久，最后竟然还偷着跑掉了呢！”

展初容听了她的话后，和皇甫御风交换了一下眼神！

“Kuching，不要害怕，有伯父伯母为你撑腰！”皇甫御风眼神一厉，做了错事还偷着跑掉，这哪像自己的儿子。

“伯父，我现在叫连翘。”她可怜兮兮地纠正着皇甫御风的话。展初容被她可爱的模样逗乐了，她轻轻抚摸着连翘的长发说道：“好，以后就叫你连翘。不过我们改口了，你是不是也应该改口啊，不应该叫我们伯父伯母了！”

连翘没反应过来，她歪着头想了想，随即傻乎乎地问道：“那我叫你们什么？”展初容一脸怜爱地看着连翘：“傻丫头，当然是叫我们爸妈了！”

连翘当场就傻了：“什么？爸？妈？”

“连翘，你不要害怕，其实你早就应该是我们皇甫家的儿媳了。我们还在犯愁如何让这门亲事重提呢，这下好了，你这次不做我们皇甫家的儿媳都不行了！”展初容笑吟吟地看着她，连声音都兴奋得有些发颤了。

“啊？”连翘闻言，又震惊地发出一声毫无意义的惊叹，她瞪大了双眼。

“没错，连翘，等彦爵回来，我们就该好好谈谈你们俩的婚礼了！”皇甫御风直截了当地说道。

“啊？”

“孩子，一切我们都知道了，万一你已经有了……无论如何，这个婚你们是结定了！”展初容说道。

“伯父伯母，可是我……”

“好了，我知道你的担忧，你放心，华多老人那边我们会通知的。你是他老人家最宠爱的小孙女嘛，我们可不舍得让你受半点儿委屈嫁过来，放心吧！”展初容轻轻拍了拍连翘的肩膀说道。

事情来得好诡异啊，不行，她一定要找机会问问龚季飏才行。进了“皇府”，连翘终于明白为什么一个别墅要取这个名字了。这哪里是别墅啊，简直就是奢华的王府嘛。虽然在马来她居住的地方也尽显富贵奢华，但这里的浪漫和庄严相结合的气质却是无与伦比的。

它修建在山海之处，采撷了大自然最灵动的精华，一面靠山，而后见海，将山林之美与大海之阔全然纳入别墅的视线之中，可谓是风水宝地。“皇府”最成功之处就是以一种疏密有致有虚有实的体形与所在环境中的山林、流水紧密交融，互相渗透，互相衬映。进入“皇府”，就仿佛进入了偌大的迷宫，如果没有下人引路，那么初次到访者一定会迷失方向。

“皇府”光是空置的豪宅就有五十多间，三个大型室外游泳池外加两个室内游泳池，还有能容纳五十个人的影院，从24K金的图书馆地板到热大理石车道，极显其富丽堂皇。

除此之外，别墅中的壁球场、高尔夫场地、保龄球室和网球场、马厩、酒窖、直升机坪一应俱全，外加几万平方米的偌大花园，为整座“皇府”增色不少。

极尽奢华的会议室里坐满了分公司的高层，肃静而庄重的会议气氛令他们不敢有半点儿差池。

几乎是一路都紧跟着展初容他们的脚步，这里太大了，连翘怕自己会走丢。

“连翘，来来来，这边！”展初容一行人带着她出了主幢别墅，来到紧挨着主幢的另一处同样奢华的独立别墅。

“这幢独立别墅是彦爵一个人居住的，不过呢，我已经命人在里面为你安排好房间了，你以后就跟彦爵住在这里哦！”她带着连翘上了楼，指了指其中一个房间说道。

连翘都被绕晕了，只能晕乎乎地点了一下头。

不知道为什么，这一天皇甫彦爵都觉得心神不宁的。夜晚，在路上，他把车窗打开，大口呼吸着新鲜空气。

皇府的大门缓缓打开，一辆深色的奢华商务车滑入了夜色之中。皇甫一家人都坐在沙发上，连翘也早就跟他们打成了一片。“喂，你是缨缨？皇甫缨缨？”

皇甫缨看了连翘一眼后，有些不自然地说道：“不，我叫皇甫缨！”

主厅的开门声响起，皇甫缨一下子站起来，小脸洋溢着愉悦的神态：“哥哥回来了。”

皇甫彦爵高大的身影刚刚出现，便看到主厅的沙发上坐着一个正在悠闲地喝着果汁的女孩子，她朝他笑得很是邪恶，这种熟悉的笑……

不！他揉了揉眼睛，没看错吧？

“你，你……”他大踏步上前指着连翘，满脸的震惊。

连翘笑眯眯地站起身来：“怎么？不认识我了？皇、甫、彦、爵！”她将果汁放在桌上，腾出两只手揪住他的耳朵，让他听得更清楚一些。

“你怎么来了？”

“我为什么就不能来？”

展初容站了起来，将连翘拉在自己的身后，一脸不满地看着儿子道：“你这个浑小子还敢说出这样的话？难道你不知道你自己做过些什么了吗？”皇甫彦爵被母亲的呵斥弄蒙了，他睖睁了一下：“啊？”

“彦爵，你坐下！”皇甫御风开了口，却是一脸的凝重。

皇甫彦爵觉得事态有些不对，一脸警觉：“到底发生了什么事？”皇甫御风看了看儿子，严肃地说道：“这段时间你暂时将公事放一放，集中精力准备自己的婚事！”

“婚事？”他尽量克制自己极度震惊的心情，“什么意思？”“事情都做出来了，还不敢承担责任吗？连翘才二十岁，你叫她以后如何见人呢？马来那边又会怎么想我们？”展初容简直要被自己的儿子气坏了。

哪知，他们的话令皇甫彦爵更加困惑了：“啊？”

“啪”的一声，皇甫御风拍案而起：“彦爵，你作为一个男人还不想负责任，醉酒不说还趁机玷污了人家女孩儿！我皇甫御风的儿子绝对不能做出这种事情来！”

皇甫彦爵顿时觉得五雷轰顶！他玷污了连翘？什么时

候？怎么玷污的？他这个当事人怎么不知道？

看着他一言不发，展初容也走上前，苦口婆心道："彦爵啊，你可是最懂事的孩子，而且都快三十岁的人了。我和你父亲可是盼着抱孙子呢，说不准她现在都怀有你的骨肉了呢！"

皇甫彦爵艰难地咽了一下口水……他将目光狠狠地转向一边的连翘，谁知她笑得更加诡异，甚至还对着他吐了吐舌头，做了个鬼脸！一切都是阴谋！他腾地一下站起身来，神情极为严肃地说道："我没碰过她！"

谁知他的话音刚落，连翘故意满脸委屈地指着他："你……没想到你只敢做不敢承认，呜呜……"说着，她猛地趴在沙发背上，抽泣起来。

这突如其来的一幕令皇甫一家大小顿时都慌了手脚，看着连翘哭得几乎都要肝肠寸断的样子，展初容的心里别提有多难过和心疼了。

"连翘啊，好了，乖啦，放心吧，有我在，彦爵这个浑小子不敢不认账的。我这个做母亲的一定要让他对你负这个责！"她信誓旦旦地一边说着一边轻拍着连翘的后背以作安慰。

虽然连翘哭得连声音都要哽咽住了，而她透过手指的缝隙偷偷地看着站在一边的皇甫彦爵脸色都快变成铁青色的时候，心中简直快要乐翻了天！

今天白天，趁着大家都不注意的时候，她找了个借口抽空给龚季飏打了个电话。谁知龚季飏却是哈哈大笑，还为她出了主意让她将计就计，说这样才能刺到皇甫彦爵的痛处。皇甫彦爵不会这么心甘情愿听从家里的安排结婚的，所以让她放一百二十个心，趁着这个机会好好整他。真是越想越开心，连翘的脑海中完全浮现出皇甫彦爵在未来的日子里哭笑不得的脸……

皇甫彦爵没有作声，只是一脸阴沉地看着正在“痛哭”的连翘，他就知道这个丫头出现在这里绝对不是那么简单的，想到这里，他大步上前，不由分说地便将连翘整个人给提了起来，将她带入二楼的书房。

“砰”，书房的门被皇甫彦爵大力地甩上，阻拦了皇甫家大大小小好奇的目光！

连翘被他一下子按在了墙壁上，动弹不得，只能瞪着一双紫罗兰的大眼睛看着他，无辜得就像刚刚从林间走出来的精灵一样，那透彻的紫眸几乎能渗出清泉来。

她果然在装哭！

“你到底想要干什么？”他紧箍着她的双肩，气息压得低低的，扫过她的鼻息间，近得几乎都要贴上她的嫩脸。看着他那张几乎快要变形的俊脸，连翘反倒悠闲自得，仰着小脸，笑得极其“善良和无辜”。细细的贝齿咬着樱唇，没有回答他的话，只是那么笑着看着他。

皇甫彦爵隐忍着咬了咬牙根，低沉的嗓音中有着极为明显的警告味道：“收起你的笑容，回答我的问题！”

连翘没被他的警告吓到，反倒是扬起双臂，出乎意料地搂住了他的脖子：“人家想你了嘛……”她的声音甜甜的，就像是化开的糖蜜般。

怀中的柔软和轻喃细语一下子令皇甫彦爵一怔，原本的怒气也僵住了。一时间，心底最深处竟然腾起一丝丝暖意和痒痒的感觉。“想我？但愿真的是想我才好……”他的语气还带着一丝不肯定，大手一抬将她小巧的下巴抬起，命她看着自己的眼睛，深邃的眸光中闪烁着寻味。

“是啊……我当然是想你了……呵呵……”连翘干笑了几声，心中却一阵发慌，他那双X光眼几乎要穿透她的内心一样。他的唇边慢慢勾起一丝令人捉摸不透的笑意，低低的声音落在她的耳边：“你这个丫头平时笨得可以，连说谎话都不自然了。”

说到这里，他的大手像是安抚又像是警告似的轻拍她的后背：“说吧，谁给你出的主意？乖乖说实话，我不会生气！”

她的心一慌，聪明的她不难听出他语气中的警告，通过那段时间的相处，她很清楚刻意激怒皇甫彦爵的下场会怎样。

大眼睛转来转去，不行，如果真说了实话那不就把龚季飏给出卖了吗？不行，她可不能做出这么不仗义的事情来。

皇甫彦爵见她半天不说话，俯下身来，温热的男性气息几乎是扑面而来：“丫头，怎么？还不打算说吗？”

被他这么一激，她反倒是壮了胆子，干脆毫不畏惧地看着他理直气壮地说道：“你还好意思生气吗？明明就是你对不起我在先，是谁骗我说自己是龚季飏来着？你还要跟我发脾气，我先发脾气还差不多呢，哼！皇甫彦爵我告诉你，这个假期本小姐就跟你耗上了，反正我有的是时间！”

他不怒反笑，悠闲地将双臂抱在胸前：“我虽然欺骗你在先，但你小丫头报复的手段也凶狠嘛。不过，我要郑重地提醒你一句，你今天踏进了皇府，再想着出去可就难上加难了，难不成……”

说到这里，他的俊脸陡然欺近，几乎快要和她的鼻尖对上了，唇边意外地勾起一丝邪魅：“你想嫁给我？”

连翘睖睁了一下，下意识地缩了缩身子，脑中一下子想起了龚季飚的话，于是心里边一下子有了底。

“怎么？你害怕了？堂堂的皇甫财阀总裁竟然害怕结婚？喊，我既然敢出现在这里，就已经做好所有的心理准备了！”她笑得如恶魔般，一双紫眸也同样闪烁着异样的光芒！她越是装作不在乎，就越能折磨他。

“你……”他完全没料到连翘会这么回答，一时语塞，英俊的脸顿时变得铁青。

连翘强行忍住笑。

书房的门一下子被打开了，两个人的姿势不偏不倚地落在了展初容的眼睛里：“哟，看来我进来的不是时候。不过已经开饭了，大家就等你们两个人了。彦爵，连翘刚进皇府，你要好好照顾她才好！”她的脸上都快笑成花了，她仿佛看到未来的孙儿在朝着自己招手。

书房里再次安静下来，皇甫彦爵懊恼地抓了抓头发，真是要命，看来不被他们误会也难了。正当他蹙眉时，手臂上传来一阵柔软的感觉，扭头一看，连翘笑得像个小仙子似的，两只手臂紧紧地抱住他的手臂，黏人得不亚于橡皮糖。

“丫头，你做什么？”

“吃饭啊，你没听见刚刚伯母的话吗？”连翘调皮地看着他，大眼睛像星星一样眨呀眨的。皇甫彦爵心神一阵恍惚，捺着性子看着她，半晌之后，才意外地说了句：“走吧！”连翘嘻嘻地笑着，更加搂紧了他，亲密得如同情侣。

他心中一阵哀号：“这个小妮子就是要在家人面前做出跟自己多么恩爱的样子，她真是想要将我逼疯！”

不过，他用眼睛的余光看了看身边的连翘，这一刻他竟然很是享受手臂间温软之感，不想去破坏这种异样的感觉。

他见过黏人的女人，但从来没有一个女人能像她这样即使黏人也黏得这么可爱……

夜色充满了皇府，闪烁的星光配合着道道美丽的霓虹将整个皇府别墅映得更加辉煌和雄伟。皇甫彦爵从书房出来推门走进卧室时，一下子愣住了，连翘像个小孩子似的在他偌大的床榻上跳来跳去，像是在玩弹跳床似的不亦乐乎。

“连翘！”他低吼一声，将一天隐忍下来的怒气全部都发泄出来。她被这突然响起的吼声吓了一大跳，一个趔趄差点儿从床上摔下来，看到皇甫彦爵一脸铁青地站在自己面前，狠狠地一跺脚。

“喂，皇甫彦爵，你吼什么吼啊，我又不是七老八十听不见你说话！谁让你进来的？这是我要住的房间！”她反倒是叉着手，一脸不服气地回瞪着他。他差点儿气得脑充血，像是看着外星人似的看着连翘：“我有必要提醒你一句，这是我的房间！”“嘁！”连翘不以为然地坐了下来，漫不经心地说，“从今天起你住客房吧，反正这独立的别墅都是你的，房间多的是。”

头顶上的光亮瞬间被遮住一大半，她很明显感到一股紧张的气氛袭来，下意识地抬起头，却看到皇甫彦爵将伟岸的身躯探下来，将她整个人圈在了属于他的范围之中。

她聪明地闭上嘴巴，一脸警觉地看着他，身子却下意识地想要朝后缩动。下一刻，腰肢上的大手便将她的行动阻拦了。

皇甫彦爵一脸高深莫测，连眸间的目光也变得深沉：“你说什么？再说一遍！”低低的嗓音却有着令人发颤的威严感。

她感到嗓子一阵干涩，小心翼翼地赔笑：“喂，皇甫彦爵，你不会这么小心眼吧，这可是你的家人安排的。再说，我的确不习惯睡客房嘛，你的房间很好，又大又干净，虽说是冷硬了些，不过我的确很喜欢！”

“然后呢？”他沉静的俊脸上看不出丝毫的表情，让连翘无法猜测出他此时是喜是怒。

她再次咽了一下口水，紫眸机灵地转了转，带着一脸的无辜：“那你就勉为其难去客房呗，反正我就要住这个房间！”说完，一把扯过柔软的抱枕死死搂在怀中，一副赖定的神情。

皇甫彦爵不怒反笑，修长的手指竟然轻抚她的嫩脸，像是在碰触一件珍宝似的，唇边却挂着坏坏的笑意。

“丫头啊，你知道自己是在玩火吗？”淡淡的叹气裹着低低的语气在她的耳畔轻扬，温热的唇有意无意间扫过她的脸颊，沾染了柔柔的清香。

男性的温热气息充塞着连翘的呼吸，她的心突然狂跳一下，脸上的红霞都蔓延到耳根处了，但还是强迫自己结结巴巴地问道：“你、你什么意思？”

他脸上的笑容扩散开来，像个优雅的王子般：“很是遗憾，我也没有睡客房的习惯！”

连翘笑得更显“天真”，她都快笑成一朵花了，小心翼翼地说：“嘿嘿，凡事都有第一次嘛，人家是女孩子，你是大男人理应要让让我的，否则会被别人笑你没有风度的，你觉得呢？”她反问得更加没心没肺的。

“我看你是没有明白我话中的意思！”他也同样笑得灿烂，却散发着一丝丝邪恶，就像是一个优雅的王子却长了一双撒旦的翅膀。

他将身子进一步欺近她，一字一句地缓缓吐出："我只会睡主卧！"

一句话说得连翘目瞪口呆，紫眸睁得圆圆的盯着他，几乎要被他脸上的笑容湮没："喂，皇甫彦爵，你不会真这么小气吧？你的房间那么多，干吗要跟我争呢？"

皇甫彦反倒是耸了一下肩膀，重新站起身来，居高临下地看着她，沉静的声音中透着一贯的优雅："你今晚真的要睡在这里？"

"当然，我刚刚已经把话说得很清楚了，你听不懂吗？"连翘撅着嘴，脸上也露出得逞的笑，她就不相信还不能将他赶走？

谁知他丝毫没有离开的意思，闻言，更是一脸的轻松惬意，和平常一样，他打算换上睡袍，连翘禁不住低低暗赞了一句："皇甫彦爵的身材真的很棒！"

皇甫彦爵郁闷了半天，他原本想用这招吓吓这丫头，毕竟这是能够引起女孩子警惕和恐惧的举动和行为，没想到……这个丫头倒是很淡然的样子！

这简直令他大跌眼镜！有没有搞错？这招对这个小丫头竟然不起一点儿作用？

他一脸懊恼地将一边的睡袍扯过来穿上，看着眼前女孩子一脸失望的样子，不由得一阵苦笑！他堂堂的皇甫财阀总裁竟然能够沦落到这步田地，竟然要用这种方式跟一个女孩子抢房间！

连翘反倒一脸的失落和不高兴，瞪了他一眼，喃喃道："什么嘛，总是这样，让我多看一会儿又不能少块肉，小气鬼！”

“你说什么？”皇甫彦爵倏然欺近她，故意装作没听见。

她没敢再说什么，将怀中的抱枕搂得更紧。

“小丫头……”他拉长了声音，好闻的气息钻进了连翘的呼吸间。

“呃？你干吗离我这么近？”她的脸颊变红了，不知为什么，每每他靠近，她的心就会跳得很快很快，就像是要从胸口处蹦出来一样。

见她脸上闪过惧意，他心里倒是舒畅了很多，将她完全纳入自己的胸膛之下，在她耳边低低地笑道：“丫头啊，你知道这幢别墅现在只剩下你和我两个人了吗？”

“你我两个人？”连翘一时间没明白他话中的含义，傻愣了一下随即反驳道：“骗人，还有下人们呢！”

他唇边扯开笑容：“没有我的允许，没人敢走进这幢别墅！”说完，意味深长地看着怀中的小女人，一动不动地想要看见自己所期待的恐慌神情。

“那你什么意思吧？”她傻乎乎地问，不解地轻蹙好看的娥眉。

皇甫彦爵看着她一副近乎天真甚至白痴的样子后，几乎快要懊恼地撞墙死掉！她是真不懂还是假不懂啊？想到这里，他再生一计，二话没说，直接将她推倒在床，伟岸的身子一下子将她压住，温热的大手下一刻钩住了她的纤腰。

“我突然想，有个女人也不错！”他将俊脸缓缓地压低，近得都可以感受到彼此的呼吸。他不得不承认，这个丫头身上的气息很干净，有着少女独有的清新，令他有些情不自禁。

“哈哈，不要……”连翘却意外地大笑，推搡着他，“你让我觉得全身都痒痒的，哈哈。”原本暧昧的一幕却被她这般没心没肝的言语给搅乱了。

他一脸沮丧地靠在床头，看着在一边笑得缩成一团的女孩子，简直是无计可施了！臭丫头根本就不明白“暖床”二字的含义！

待连翘笑够了，才发现身边的男人一脸难看的样子，连忙止住了笑，极其无辜地看着他道：“喂，你怎么了？”

皇甫彦爵鹰隼般的乌瞳锁定在了她带笑的小脸上，就像勘测灯一样似乎可以穿透她的内心。好半晌，他才甩出：“你这个丫头真的不知道天高地厚，难道你不知道孤男寡女独处一室是很危险的吗？”

连翘听了他的这番话后，眉宇间露出疑惑的神情，紫罗兰的大眼睛也忽闪忽闪地看着他，半晌没有说话，似乎在思考他话中的含义。

看着她如梦幻般的眼神在自己身上飘移，眼神之中带着不谙尘世的单纯，此时此刻安静的她就像一株令人不由神往的兰花般，小小的、娇娇的，这种莫名的情愫如同柔柔的丝线一样在他内心深处不断萦绕，直到将他整个心都包裹住了……

“丫头……”他轻喃着开了口，刚要起身靠近她。

她的小脸陡然漾起笑靥：“嘻嘻，我知道你是好人，你才不会伤害我呢！”

她主动将身子依偎在他宽阔的胸膛上，整个人像只小猫一样依偎着他伟岸的身躯，小手很是依赖地抱住了他有力的腰身。

“连翘，你……”

半晌过后他才低叹一口气，伸出手臂在她的肩膀上轻轻拍了拍，像是哄女儿似的说道：“好了，丫头，你既然喜欢这个房间，就在这里睡吧！”

说完，他便将八爪鱼似的连翘拉离自己的身体，站了起来。虽然他很是眷恋这种柔柔的感觉，但如果他再保持这样的姿势，难保他不会做出什么事来。她毕竟就是个小女孩，一个典型的小孩子，什么都不懂……

整个房间彻底安静下来了，静得几乎针掉在地上都能听得到。良久，连翘看着充满男性气息的偌大冷清空间，强行咽了一下口水。虽说有着水晶灯柔和的灯光，但她还是不由得害怕，下意识地将被子拉高，几乎遮住了眼睛。

她感到整个皇府都处在安静之中，静得可怕，哪怕有点儿树叶响动的声音也好啊，可惜……她几乎是抖颤着手拿过手机看了看时间。天哪，快点到12点钟吧，到了12点她就会自动睡着。几乎将天上的神仙都恳求了一遍，无奈，时间还是一点儿一点儿地移动。

突然，不知是远处什么东西引起的响动，“啪”的一声从窗外传来，吓得连翘魂儿都没了。她一下子将自己连头埋在了被子之中，身子开始不断颤抖着。

连翘是典型想象力极为丰富的女孩子，将自己完全埋在被子中，一片黑暗中反倒是开始了浮想联翩……

她不由得想到了学校的地下室……想到了曾经放置在地下室里的那具尸体，站起身来像具僵尸一样朝自己走过来。

“啊！”

猛地，她从床上一下子蹦了起来，尖叫一声冲出了房门，跑到走廊后，朝着有光亮的房间跑去。

这边，皇甫彦爵倚在床头，苦笑自己竟然能被一个丫头赶出来——明明是这幢别墅的主人竟然来睡客房。她无奈地摇头，拿过身边的文件。他一向都是晚睡，这么多年已经养成了只睡四个小时的习惯，像今天这么早上床，还真是屈指可数。

他打开文件还没看两页时，只听到客房的门“嘭”地被打开了，像是被什么巨力给撞击开了一样。诧异之余便看到一个“物体”直直地朝自己“驶”过来，没等反应过来，怀中一暖，一团柔软紧紧将他包围……

定睛一看，怀中竟然是连翘！

她像只无尾熊似的钻进了他的被子中，整个娇小的身子紧紧依偎在他的身上，还时不时地发出一阵阵颤抖……

这突如其来的“投怀送抱”令皇甫彦爵吓了一跳！

“丫头？”

他将俊脸转向她，她早就将小脸死死地贴上他的颈部，深浅不一的呼吸时不时地刺激着他的感官……他长指一探，将她的小脸托起，却惊讶地发现原本红润的肤色早已经变成苍白。

“怎么了？出什么事了？”他的心陡然一惊，二话没说将她搂起，一脸心疼地问道。

连翘连呼吸都有些不顺畅了，当她看到眼前这张自己熟悉的俊脸，还有那暗如星辰的眸子，小脸一憋，带着哭腔说了句：“皇甫彦爵……我、我害怕……”

皇甫彦爵睃睁了一下：“害怕？做噩梦了？”

连翘拼命摇头：“能做梦还好了，我……我根本就睡不着。你的房间那么大，而且还那么、那么安静，我害怕……”

听到她这般“控诉”后，他的心终于放下来了，原来是这样……

“没出息的丫头啊，你已经二十岁了，还像个孩子似的害怕一个人睡觉？”他浅浅地笑着，一边说着一边揽过她的肩膀，轻轻拍着，大掌间传来安抚的温度。

连翘的倔强早已经被惧意给吓没了，她没有像以往那样跟他顶嘴，反倒是更加依赖般地贴在了他的胸膛上，赖皮地说道：“我不管，反正我不回去睡了……”

皇甫彦爵一阵无语，这个丫头还真是会折磨人。

见他不说话，连翘吞吞吐吐地说道：“喂，皇甫彦爵，我知道你心里一定恨死我了。喏，反正我不回那个房间了，如果你要回房睡，你等我睡了之后再走吧，否则我一定会害怕的……”

“等你睡着之后？”他挑眉低声问，好看的眉宇间也透着浅浅的笑意。

“嗯！”连翘忙不迭地用力点点头，“如果我一个人在房间一定会害怕的，一害怕我就会睡不着，睡不着的话你也会跟着倒霉的！”

皇甫彦爵哑然：“我跟着倒霉？这跟我有什么关系？”

“喏，我解释给你听哦。”

连翘极有耐性地继续说道：“如果我睡不着的话，一定会缠着你不让你睡的，那到时候你该多难受啊。反正我放假无所谓了，大不了白天补觉呗，可你不行哦，如果你睡眠不充足，白天怎么工作呢？”

看着她这种赖皮的样子，他感到实在是又气又好笑。末了，他无奈地摇摇头，将被子替她盖好：“好了好了，就知道你这个丫头借口多。睡吧，我看着你！”

连翘终于笑了，也终于松了口气，这时她才将注意力收回，却又发出一声欢呼声。

“又怎么了？”

“哇塞！”连翘眼睛都快放光了，咬着唇将小手覆在他的胸膛上……

原来，他在刚刚上床前已经将身上的睡袍脱掉了，柔美的灯光打在他胸膛的肌肤上，散发着健硕的力量和诱人的光泽。难怪连翘会像个小色女似的朝他伸出“魔爪”了。

她带着好奇，眼中也散发着惊叹的光芒。一只小手不够，另一只小手也攀了上来，小心翼翼地摸着他的肌肤，精力高度集中的她丝毫没有发现身边男人脸部的表情变化……

胸膛上的柔软触感令皇甫彦爵不由得一阵睖睁，然而很快，这种柔软变成了一种吸引的力量……

“皇甫彦爵，你一定是天天健身吧，还有，你怎么会长得这么高？”连翘没心没肺地说着。

天哪，她竟然能够这样近距离地触摸帅哥，简直是得意死了！

“丫头！”皇甫彦爵一下子抓住了她不安分的小手，强咬着牙根，低声地说道，“好了，该欣赏的你已经欣赏了，睡吧，乖！”

连翘闻言，嘟着嘴巴：“什么嘛，这么小气。”极其不满地扬起另一只小手打了他一下。

“嗯！”他猛地倒吸一口气，眸间更幽暗了，该死！

“你怎么了？”连翘见他的眸几乎要吃人的样子，不由得吓了一跳。

听到她的自言自语，他简直要吐血，几乎是咬着牙一字一顿地说道：“丫头，你再不乖乖睡觉会后悔的！”

连翘见他的脸色都不对了，吓得连忙止住了声音。

“呵呵，我睡觉了，晚安！”她立刻用被子裹住自己，吓得一动不敢动。

“喂，丫头，你现在不能睡！”皇甫彦爵连忙轻拍她的小脸，试图令她清醒一下。

“皇甫彦爵……已经12点钟了吧……其实……我也不想睡……”连翘连语速都变得很慢很慢，还没等这句说完，她眼睛一闭，睡着了！

他的眼睛不由得瞪大了，看着身边酣睡的女人，犹如是看着外星人似的，搞什么？她又睡了？这是她第二次在自己面前没心没肺地睡着了！他有撞墙去死的冲动！

这个没心的妖精！

看着早已经进入睡眠的她，美丽的娇容安详得如同天使。他凝视着她，渐渐地，一种莫名的悸动在他的心中升起，那感觉似乎是某种力量，轻轻的，却飞快地拨动了心弦，好像有些心疼，又好像有些醉意，却又似乎让人心中涌出了一股无法描述的澎湃……

想到淘气的她，又看到如此安静的她，他心中没来由地涌出一股强烈的怜惜、疼爱，还有诸多的令他说不出的情绪交错在了一起。此刻，他忽然生出了一股从来没有的冲动：将眼前这个女孩子就这样搂在怀中，一辈子似乎也不会厌烦……

这……这感觉？

皇甫彦爵苦笑一下，是不是跟这个丫头接触时间长了，也开始变得神经错乱，竟然会有这种荒谬的念头，真是好笑！

次日，偌大的主厅被下人们打扫得一尘不染，阳光从通透的落地窗倾泻下来，映在光洁的地面上折射出一道道耀眼的光芒。当连翘一蹦一跳地从独立的别墅区来到主厅时，却看到了皇甫缨惊愣的眼神。“你穿的是我大哥的衣服！”皇甫缨道。

“怎么样？好看吗？这是经过我精心改良的服装哦，没想到我还有设计衣服的天分呢！”连翘夸张地在皇甫缨面前转了转。

一大早，当她无意间打开皇甫彦爵的衣橱时着实被吓了一大跳！这个男人的衣服好多哦，都是不同场合穿戴的商务服饰，得体的设计和高档的面料一看就价值不菲的，不过——好像休闲装少之又少呢。看着这些令人眼花缭乱的衣服，她体内的恶魔因子又不由自主地开始搞怪了：既然要去见他，那一定要给他些惊喜才好嘛。

想到这里，她挑选了看上去无论颜色还是款式都很搭配的衬衫和西裤，二话没说套在了自己身上。但是，怎么看自己都像是装在套子里的人——他的衣服对于她来讲简直太大了。想着想着，她终于有了主意，那就对身上的衣服进行彻底改良！

挂在身上的那件原本高档得体的衬衫已经变成了一件短袖T恤，确切地说应该是一件衬衫样式的T恤。

原来的两个长袖被剪裁成短袖；领口被拆除了，修改成带着毛边的一字领，而过于宽大的下摆则被她系成好看的蝴蝶结。

下身，西装裤被剪成了休闲短裤，宽宽大大的却有着一种街头风的味道。腰间则配搭一条她自己的个性腰带，再配上她那双夸张的米奇鞋、清爽的马尾辫和鸭舌帽，像极了新新人类的叛逆少女。

"缨缨，"连翘拉过皇甫缨的手说道，"你把皇甫财阀的地址告诉我好不好？"

皇甫缨咬了咬唇，虽然不是很情愿，但还是为她写好了路线，却在递给连翘的时候，说了句："你穿成这样去见我大哥，他会生气的！"

连翘却没有听出她话中的深意，反倒是漾着灿烂的笑容道："放心吧，缨缨，你不用替我担心的，他才不敢对我发脾气呢！"

金灿灿的阳光辉映在皇甫财阀的商业大厦上，生硬的钢化玻璃折射出忽明忽暗的光芒，百层的高度正在诠释着一方霸主般的权威。这里高得离谱！连翘是这样认为的。

当她按照皇甫缨给出的路线真正站在皇甫财阀的商业楼面前时，不得不惊叹于这座建筑的尖端和高贵，正如皇甫彦爵举手投足间所散发出的贵族气息般。

顶着大太阳，她仰起头朝上面看去，阳光刺眼得令她不由得半眯住眼眸。从小到大她一直很不习惯这种大小比例失调的东西，建筑也是。站在这么高的建筑下，她觉得自己都快喘不上气来了。

不知道皇甫彦爵那个家伙在多少层呢。她朝着一楼辉煌的大厅望去，大厅里没有多少人，只有门卫和貌似秘书处的人在工作。不行，就这样贸然闯进去一定会被扔出来的。

连翘的眸子转了转，想了一会儿后，大摇大摆地走了进去。果不其然，当她刚迈进大厅时，便被秘书处的秘书给拦住了。

“这位小姐，请问您是找人还是洽谈？”干练的秘书定睛看了看连翘，硬是将“公事”两个字给咽下去了。

连翘笑了笑，很显然她对秘书所投来的质疑眼神丝毫不在意，脸上的笑容几乎都快溺死人了。“你好哦，其实我是来找人的！”这里……真的好大啊，光电梯就有二十几部，到底哪部是直达总裁室的嘛？

“来找人？请问小姐您准备找哪位？哪个部门的呢？请您来这边登记一下，谢谢！”秘书见她笑得格外天真，竟然有些于心不忍。

“哦，好好！”连翘表现得极为配合，跟着秘书上前正准备做电子登记，却在看到电子屏幕后，小脸一憋：“秘书小姐，我的英文……不是很好……”

秘书礼貌性地笑了笑：“没有关系，我们这里可以使用了六种语言，您可以选择一种您所熟悉的，或者我替您做一下登记也可以！”

“好好，秘书小姐，谢谢你哦，我叫连翘！”

秘书小姐一丝不苟地开始输入：“请问，您找哪个部门的哪位？”

连翘大大咧咧地说了句：“我找皇甫彦爵！”

“啊？”不光是秘书，就连身边的门卫也睖睁了，她找谁？

连翘见状，不乏好心地再次重复一句：“我找皇甫彦爵！咦？难道他今早是出去偷懒了，没上班？”

秘书艰难地转过神儿来，再次仔细地打量了一下连翘。她要找他们的总裁？这么一个奇怪的女孩儿，连身上的衣服都奇奇怪怪的，总裁可能认识这样的女孩子吗？

半晌，秘书才说道：“这位小姐，不好意思，请问您有预约吗？或者您在总裁秘书那里做过登记吗？”她只是个小秘书而已，哪有那么大的权力让这个女孩子到总裁室啊。

连翘摇摇头，见皇甫彦爵有这么麻烦吗？她再次环顾了一下，却意外地发现在旋转楼梯的一角，电梯与其他电梯有所不同。“谢谢你哦，我已经找到了！”她兴奋地一跳，连忙朝着总裁的私人电梯跑去。

“天哪！”秘书见状脸色都变了，她想要上前拉住连翘，却被她一下子搂住：“谢谢你哦，秘书姐姐，你这么好心，一定会升职的哦！”连翘说完竟然在她的脸颊上亲了一下，然后飞一般地朝电梯处跑去。

秘书和保卫彻底呆住了，好半晌才反应过来，当秘书看到电梯已经缓缓启动时，连忙抓起电话：“你好，请问是总裁秘书处吗？刚刚有一位自称是连翘的女士跑进了私人电梯中！嗯，对不起……对不起……”许是电话另一端传来斥责，她一脸难堪地道着歉。

总裁的私人电梯采用高端技术，从一层到一百层只需要运行四十五秒钟的时间。当散发着金属光泽的电梯门缓缓打开时，连翘一脸兴奋地蹿了出来。

哇！这里都可以用作观景台了：只见百层之上全部采用通透钢化玻璃设计，只要视线能够触及的地方全是一览无遗的风景，在百层之上观看下面的世界果然是不一样，竟然让她有一种迫切想飞翔的冲动。正当连翘兴奋得不知所以时，一阵高跟鞋清脆的声音在她身后扬起："这位小姐，您是找皇甫总裁的？"

连翘连忙回头，歪着头看着一脸职业性表情的总裁秘书，点了点头："对啊，我找皇甫彦爵有点儿事情！"

总裁秘书一愣："对不起，小姐，如果您没有预约的话，今天是见不到总裁先生的！"

"见皇甫彦爵哪有这么麻烦嘛，即使我现在不见他，到了晚上还是照样能够见到他的。不过我现在正好闲得无聊，不找他找谁呢？"连翘噼里啪啦地说了一大堆。

总裁秘书彻底傻了，心想：这个女孩子在说什么呢？

会议几乎开了一上午，最先走出会议室的是皇甫彦爵。

"皇甫先生……"当皇甫彦爵正在对着其中一个下属交代一些事宜时，总裁秘书一脸紧张地跑上前。

他转过头，还没开口问话，他的胳膊便被一只柔软的小手给抓住了。"皇甫彦爵！"连翘甜腻腻的声音在他耳边扬起，连同脸上的笑靥也极其动人。

"连翘？"皇甫彦爵微微一怔，"你怎么来了？"

连翘抬头看着他，突然扑到他怀里，小脸还腻在他的胸膛上，声音委屈地说道："我差点儿就找不到你了呢，好害怕……"

她突如其来的柔弱和无助令皇甫彦爵一阵心疼，大掌轻轻拍在她的后背上，语气也变得温柔了些："好了，不是已经见到我了吗，没事了！"

眼前这一幕不仅震惊了总裁秘书，更震惊了所有开完会的人员，他们一个个大眼瞪小眼地相互看着，似乎在怀疑自己看到的一切。一个突然冒出来的女孩子和总裁这般温柔的举动……这怎么不叫他们浮想联翩呢？

总裁秘书小心翼翼地走上前：“皇甫先生，这位小姐一直在找您……”

其实她原本想说“这位小姐是硬闯上来的”，但是看到总裁这般异常的举止后，聪明的她连忙改了口。

皇甫彦爵看了看怀中的女人，他不难察觉到来自四周好奇的眼神，于是便沉声道：“行了，都去忙吧！”声音虽是平稳，却有着一丝警告众人的意味，大家都不傻，立刻纷纷走开了。

几乎是被连翘一路“粘”着走进了总裁办公室。关上门后，皇甫彦爵才仔仔细细打量着连翘，却在看后倒吸了一口气。这是什么装扮？

连翘也不难看出他眼中的那抹惊异，于是便在他眼前转了一圈，一脸骄傲地问道：“怎么样？好看吗？”

皇甫彦爵眉间的不快一闪而过，他毫不客气地说：“不怎么样，怎么还有卖这种奇怪衣服的地方？”

连翘屁颠屁颠地站到他面前，一脸的喜悦：“啊？连你都认为这种服装风格设计得也不错呀？”

呵呵，没想到她连翘还真有设计服装的天分呢。

皇甫彦爵又瞟了一眼，唇边勾起若隐若无的笑意：“你来找我就为了展示你身上的衣服？还一脸委屈地像个迷路的孩子似的，吓我一跳！”

连翘撅了撅嘴，小手钩起他的手臂道：“本来就是嘛，你都不知道要找你很困难呢，大家都不让我进，哼！”

“以后不会了，你这次别出心裁的模样想不让人记得都难！”皇甫彦爵很是享受手臂间的阵阵柔软，竟然有些冲动地想将眼前的女子揽入怀中。

“嘻嘻。”美丽的笑靥中一点儿都看不出刚刚的委屈和害怕了。她愉快地说道：“你也觉得别出心裁吗？你觉得设计得怎么样？”

“嗯。”皇甫彦爵再次打量了一下，突然觉得有点儿眼熟，但还是说了句：“衣服的料子很高档，可惜设计很糟糕！”

“哼！”连翘朝他一瞪眼，“什么嘛，一点儿审美能力都没有！料子高档还用你说吗，你能穿低档料子的衣服吗？我觉得样式设计得很好……”她越说声音越小，因为她已经看到了皇甫彦爵的眼神越来越阴沉，最后基本上不作声了。

“丫头，你再给我说一遍！”心思缜密的皇甫彦爵一下子听出了连翘无意说漏嘴的信息，他再次将目光聚在她的身上。没错，要不然他怎么看着眼熟呢，这就是他的衣服！该死的丫头，竟然将他的衣服毁成这样，还穿在了自己身上跑到公司来炫耀！

“嗯，那个……”连翘见他那种阴晴不定的俊脸，一时间不知道他心里是怎么想的，于是便小心翼翼地说道，“人家的衣服都穿腻了嘛。反正你有那么多的衣服，少一两件又不是什么天大的事情……”

她这话差点儿令皇甫彦爵气得吐血，闻言，他霍地从坐椅上站了起来，一双看似优雅的眸迸射出阴沉的光，令连翘无所遁形。

她连连后退了几步，瞪着紫眸看向他，紧张地说道：“喂，你不会这么小气吧？只是两件衣服而已……”

“丫头，你的胆子越来越大了。”皇甫彦爵上前一步，壮硕的身子倏然将她头顶的光亮遮掩，“告诉我，你究竟想要怎么样？难道你不知道自己正在一次次挑战我的耐性？”

“我还没耐性呢！”连翘不服气地朝他嚷嚷起来，“做错事的人还在这里大呼小叫的，真是没有天理了！”

“做错事？我做错什么事了？”皇甫彦爵捺着性子说道，“我唯一做错的事就是不应该认识你这个淘气的丫头！”

“哼！”连翘瞪了他一眼，“撒谎的人是最可耻的。反正我现在放假，闲得很。皇甫彦爵，你小心点儿哦，这段时间我会腻死你的，嘿嘿。”她发出一阵诡诈的笑声，连紫眸都闪烁着邪恶的光芒。

皇甫彦爵见她这般模样，一时间又气又好笑。他凝视着她，突然目光一敛，唇角勾起：“不要做一些连自己都不懂的事情！”

“你什么意思？”

皇甫彦爵重新走到总裁椅边坐下，修长的右腿优雅地叠放在左腿上，健硕的身子也极为悠闲地靠在椅背上，深邃的目光中透着一丝犀利：“时间不会太长，也就这几天，我父母就会安排去马来的行程！”

一根筋的连翘压根儿就听不懂他话中的意思，反倒好奇地问：“咦？伯父伯母难道去马来西亚旅游吗？我可以为他们介绍最适合的旅游路线哦！”

皇甫彦爵闻言低声地笑着，很显然他对她这种一根筋的思维司空见惯了。随手抽出一根雪茄点燃后，他淡淡地说：“真是十足的傻丫头，他们准备去拜访你的爷爷！”

“哦！”连翘不以为然地应了一声，“我家跟你们皇甫家也算是世交了，想必爷爷见到伯父伯母也会高兴得不得了！”

皇甫彦爵蹙了蹙眉头：“你过来！”他一脸无奈地朝她一摆手，示意她靠近自己。

连翘懒洋洋地走上前，站在他面前一脸无辜地看着他。

“丫头，”皇甫彦爵意外地牵过她的小手，低低的声线中竟然有着一丝语重心长，“我知道你爱玩，也明白你这个假期想以我为乐。但是你必须要明白一点，一旦他们见面，就意味着你必须要嫁给我，我们将成为一对真正的夫妻。我这么说你懂了吗？”

连翘呆呆地看着眼前的男人，一时间不知道该说些什么。

看到她这般失神的样子，皇甫彦爵轻轻揽过她的身子，语气有些郑重：“丫头，我问你，你要老实回答我！”

连翘抬眸看着他那双深邃黑沉的眼睛，下意识地点了点头。

皇甫彦爵叹了一口气问道：“你有想过要嫁给我吗？有想过要成为我皇甫彦爵的妻子吗？”

连翘的身子微微一颤，黛眉间也扬起隐隐的不解，她摇了摇头：“没有……”

这倒是她的心里话，虽然从认识这个男人起她便有一种深深的依赖感，但她从来没有想过要嫁人。至于她在香港不断相亲，也只不过是想要气气他而已，这跟结婚一点儿关系都没有！

听到她这般毫不犹豫的回答后，皇甫彦爵的心中不知为何竟然产生一种不满和烦躁，甚至有些堵得慌。这是怎么回事？她的回答不正是自己想要的吗？他有些烦躁地将雪茄狠狠捻在了烟灰缸中，这种淡淡的烟雾也令他心生厌烦。

看着他眉间有些淡淡的不悦，连翘下意识地扬起小手，轻轻地抚在他的两眉之间，想道：他怎么这么喜欢皱眉头呢？这样就不好看了。感受到眉间的柔软，皇甫彦爵的内心又轻轻地一颤，瞬间，一丝微妙的滋味在他的体内蔓延，是一种莫名的痛……

“你说的是真的？”过了好半晌，他才低声地问了句。

“啊？什么真的假的？”连翘一时没有反应过来他话中的意思。

皇甫彦爵脸上的神情变得有些凝重：“你真的没想过要嫁给我？”

“是啊！”连翘没心没肺地点了一下头，笑眯眯地主动坐在了他有力的大腿上，双臂也钩上了他的颈子，“不过我要黏着你，你也不能甩掉我。是你说的会永远疼我的，你不能耍赖的！”她的小小依赖像融化的糖般，在他的心头一丝丝泛起淡淡酸意。

“连翘！”皇甫彦爵将她的双臂拉下，低声说道，“你是个单纯的丫头，不能因为自己的任性就将一辈子的幸福都搭进去。我知道你住进皇甫家只是好奇和贪玩而已，但如果你再这么调皮下去的话，你的行为不免被老人们所误会，到时候即使你不想嫁也得嫁了。”他故意恐吓着她，虽说心里有种连自己都说不上来的不自在，一时间他竟然很痛恨自己说出了这样的话。

“可是……可是好像伯母伯父都误会了耶，怎么办呢？我又不知道该如何解释呢！”连翘咬着唇，小脸扬起为难之色。

皇甫彦爵下意识地伸出手，捧着她的脸，轻声哄道："就是因为如此，我们才更应该跟他们解释清楚不是吗？否则你可真要嫁入皇甫家了！"

"啊？"连翘没想到会这么严重，她的小脸吓得苍白，小手紧紧地抓住他的大手，都快哭了，"那怎么办呢？皇甫彦爵，如果伯父伯母要去见我爷爷，那我不就完了吗？"

皇甫彦爵反倒于心不忍，揉了揉她的头顶道："好了，我会跟他们解释清楚的，不过到时候你也要配合我，不要再给我添乱了，知道吗？"

"嗯！"连翘再也不敢顶嘴了，她乖乖地点点头，苍白的小脸有了血色。

看着她这种迫不及待的样子，皇甫彦爵没来由地一阵心烦意乱，凝视她的目光中也多了一份沉思："丫头，你有喜欢的男生吗？"

连翘歪头想了半天没有说话，她的沉默却令皇甫彦爵有些紧张。

"有啊！"她嘴里蹦出了两个字，却是满脸的兴奋。

"真有？"皇甫彦爵不由得提高声音，尤其是看到她一脸的兴奋，心里更加不是滋味。"那个男生是谁？"竟然是一种情人间吃醋的口吻！

连翘听到他这样问，含笑的小脸竟然漾起一丝红晕，她俯身靠近他的耳朵，神秘兮兮地低声说道："那我告诉你，你千万不能告诉别人啊！"

"说吧！"皇甫彦爵没好气地命令道。

连翘笑得更灿烂了，她小声说道："其实我好喜欢我们学代会的会长呢。他不仅人长得帅，就连篮球都打得棒极了呢，他也是我们学校篮球队的队长哦！”她带着骄傲的口吻看着皇甫彦爵，就像是在炫耀一件极为珍贵的物品般。

“那种毛头小子有什么好喜欢的？”皇甫彦爵的脸色变得更加难看，心中就像是打翻了五味瓶似的，说不上来什么滋味。总之，他很不喜欢听到这些。

哪知连翘听后，却是一脸的不赞同：“谁说他是毛头小子了？难道像你这么大的年龄才不算是毛头小子吗？”

一丝不悦倏然漾在他的眉间，他问道：“怎么我在你眼里看上去很老吗？”

连翘仔细地看着他，其实她只是说了句气话而已。他长得的确太过英俊，这张如鬼斧神工镌刻的脸的确会令很多女人都喜欢吧，尤其是他举止投足间的那份优雅。这种与生俱来的贵族气质，是其他人模仿不来的。但是他不应该这么不礼貌地数落自己的学长！

“你在我眼里都快成老头子了，连说话的语气都像极了！”她赌气地说道。

“你再给我说一遍！”皇甫彦爵眉间倏地染上怒意，她竟然嫌弃自己老？

“哼！”连翘将小脸扭到一边，下一刻却被他的大手扳回。

“你有多喜欢他？说！”他的语气中充满了烦躁和强硬，与他一贯的优雅大相径庭。

连翘没来由地感到一股危险气息，但脖子还是一挺，一副大义凛然的样子看向他：“他就是很优秀，我比喜欢你还喜欢他。”

皇甫彦爵的脸都绿了：“你信不信我会……哼！”

连翘抬头看着他的神情，紫眸调皮地转了转，突然一下子甜腻腻地扑到他怀中，声音也极为轻柔地说：“你吓我的是不是？你才不舍得呢。”

突如其来的动作令皇甫彦爵的脸色变得温和，她耳畔传来他性感低沉的笑声：“可爱的小东西……”

连翘傻乎乎地笑着，漂亮的紫眸像温润的水晶，长长的睫毛下那浅浅的波动，就像是紫晶在流转，眉间的美态也令皇甫彦爵的黑眸渐渐敛下，收缩。下一刻他情不自禁地俯下身来，炙热的唇终于轻轻地落上她微颤的唇瓣。

“想什么呢？”皇甫彦爵简直贪恋她这种神游太虚的状态，像极了梦游娃娃。

连翘闻言，舔了舔唇，在那种炙热的男性气息中，不明事理地说了句：“我想吃饭了，好饿……”

皇甫财阀二十二层，运营部。

并不是连翘有意要来这层的，只是她趁着皇甫彦爵不注意时，很是无聊地跟着一群员工混进了电梯。到了二十二层后，发现这里很是热闹，她便想来凑凑热闹。

当身穿一身怪异服饰的连翘走出电梯后，大家自然不自然地便将目光转向她。其实，不引起大家关注也很难，她的这身衣服的确太怪异了。

“你是……”部门主管刚刚走出办公室要向属下交代事宜的时候，却看到一个鬼灵精怪的女孩子在四处打量，便一脸诧异地上前问道。所有的同事几乎也带着一肚子的好奇看着她。

连翘笑得一脸灿烂，如美丽的桃花般，迷煞了大家的眼。“我是连翘，来这里玩玩！”

“连翘？”众人大吃一惊，尤其是主管，更是瞪大了眼睛——她说什么，她说自己是连翘？

今天一大早，整个财阀便传来一个劲爆的消息：一向很少有绯闻的总裁，在今天早上却对着一个女孩子大献殷勤，神态举止像极了热恋中的情人。这个女孩子的名字就叫做连翘，重点是她长了一双异于常人的紫色眸子！

此时站在他们面前的这个女孩子，说自己就是连翘，最明显也不能作假的标志便是紫眸子！没错，这个怪异的女孩子就是总裁身边的女人！天哪，她怎么来二十二层了？这儿离总裁室可十万八千里呢，而且如果他们没听错的话，她刚刚说自己是来玩玩的……这里有什么好玩的呢？

原本喧闹的办公环境顿时静寂一片……

连翘见大家都安静下来了，自己反倒成了关注点，便不好意思地笑了笑道：“你们大家怎么都不说话了？我是听到这里挺热闹的才进来的呢！”

主管一下子反应了过来，他连忙赔着笑上前道：“啊，原来是连翘小姐啊，请问总裁先生也会来吗？”他小心翼翼地朝外面看去，似乎没看到总裁的身影呢。其他同事听到主管这么问后，也是一脸激动地四下里张望，有的甚至将办公桌快速地整理一下。

连翘倒是不理解他们的心情，鼻子一皱说道：“他很烦的，吃饭的时候一接电话就接很长时间。”说到这里，她又突然笑得很是开心：“嘿嘿，我把他扔在餐厅自己跑回来了！”

啊？所有的同事都发出难以置信的声音。那个高高在上、令他们想见又见不到的总裁大人，竟然被眼前这个小丫头给甩了？简直都成天下奇闻了！

“这么说，总裁先生不知道您来这层了？”主管又艰难地问了句。

连翘反倒是一脸的疑惑：“我来这里玩，关他什么事呢？”

“哦，玩玩啊，呵呵，好好，玩玩好……”主管有些不明白她话中的逻辑了。她是总裁的女人，怎么可能说跑下来就跑下来呢，说不准是替总裁来视察工作的呢。想到这里，他笑得更加不自然了，于是便一挥手对大家说：“好了好了，大家赶紧工作吧，不要再开玩笑了！”说完，还跟大家使了个眼色。大家个个都心知肚明，于是便开始了手头上的工作。

“连翘小姐，您随便看，有什么事尽管吩咐大家！”主管小心翼翼地说道。

“好了好了，你去工作吧，我自己玩就可以了！”连翘摆了摆手，这个主管干吗一副小心谨慎的样子啊，自己又不是小偷，让他跟在自己身边简直是太不自在了。

偌大的空间只能见到大家忙碌的身影，连翘这儿逛逛，那儿逛逛，无论走到哪里，大家都对她客客气气的。

“咦，你在做什么？”当连翘走到一名男员工面前，看到他似乎遇上了点儿问题，一脸的凝重，便好奇地问道。

男员工见连翘站在自己面前，吓了一跳，手一抖，下意识地敲了一下键盘，随后便看到他那张哭丧着的脸。

连翘见状，也吓了一跳，她连忙道：“喂，你到底怎么了？干吗一副要哭的样子呢？”

男员工的脸几乎都快黑了，他喃喃道：“完了，这下完了……系统的密码彻底打不开了，计算机后台开始系统错乱倒计时了……”

其他同事闻言，纷纷大惊：“什么？怎么搞的？你是主管系统的，系统一旦错乱可是会影响我们整个运营部的，天哪！”

面对众多同事的言语攻击，男员工哭丧着脸看了看连翘。“本来我在想旧的密码，要进行一次更新的，谁知道被她……”他小心翼翼地再次瞄了她一眼，继续道，“吓了一跳，所以无意中敲了一下键盘，我……我完了……”

同事们都不说话了，他们可不敢将怒气撒在这个女孩子身上，于是纷纷说道：“你再想想办法嘛！”

“没用的，再过两分钟系统就开始重组，所有的程序都开始混乱，说不定一切资料都要重建……”

“什么？”众多同事都倒吸一口冷气，大家面面相觑。有没有搞错？他们可不想加班加点去重做这些资料……那可是全年的资料啊。

连翘看了大家一眼，每个人都脸色凝重，她备感不解地问了句：“很严重吗？”

一句话差点儿令大家吐血！这是什么话？岂止是很严重？

见大家都不说话，她再次喃喃道：“其实就是一组密码嘛，没什么大不了的，输入进去再调整系统不就可以了？”

大家再次倒吸一口冷气，纷纷将目光落在她身上，均想：她到底了解不了解情况啊，如果记得旧密码还至于这样等死吗？

那位男员工烦躁地抓了抓头发，对大家挥挥手说：“算了算了，你们都去忙吧，我自己想办法，大不了我一个人再重新做一份资料！”

连翘见他这么烦躁，更是不解了，她扬起小手拍了一下他的肩膀：“你干吗这么心烦呢？我帮你将密码输进去就好了！”

全场人都愣住了。

那位男员工苦笑一下，看着连翘无奈地说了句：“连小姐，您不要开玩笑了。您还是到其他地方玩吧，我要处理一下系统了！”

连翘见他这么说，紫色的大眼睛忽闪忽闪的：“我说的是真的，你不就是要那组旧的密码吗？”

见她不像是开玩笑的样子，男员工眼前一亮：“这么说您知道旧密码是多少？您怎么可能知道呢？”

连翘思考了一下，她也不知道该如何跟这群人解释，于是便摆摆手道：“喂，你先不要问东问西了，时间不够了，你到底要不要密码嘛？”

“要要要，当然要了！”男员工像是见到救世主似的看着连翘，他可是将最后的希望都搁在她身上了。

连翘示意他起身，当她坐下后，纤纤的手指轻轻地落在了键盘上。但她并没有立刻输入，反倒是顿了顿，似乎在思考似的，手指也在键盘上轻轻抚着，像是在找灵感一样……

所有人都围上来，脸上都凝着严肃和紧张，尤其是主管。如果引起系统瘫痪，他会被上级骂死的。

离系统重组还有半分钟，当众人的心渐渐归于失望的时候，当大家都认为这只不过是眼前这个女孩子说的一场玩笑时——连翘的手指扬了起来，在键盘上飞速地敲打了一串数据，就在系统将要重组的前一刻，她扬手一击确定键，只见电脑屏幕上赫然显示着——Match（匹配）！

众人全都震惊了，但下一秒钟，整个办公室便沸腾了起来。大家欢呼着，甚至为连翘鼓起了掌。

主管走上前，脸上有着激动同时也带着一丝疑惑：“连翘小姐，请问您是怎么知道这个系统的旧密码的？”大家也同样一脸的好奇，尤其是那名男员工。这组密码是他亲手设置的，这个女孩子怎么会知道呢？整个办公室知道系统运行密码的只有他一个人啊。

连翘见大家都用很是好奇的目光看着自己，想了想，然后孩子气地挠了挠头：“哎，其实我说了，你们也不会相信的！”

“说吧，你说什么我们都相信！”

“是啊，是啊，连小姐，你就说吧！”

连翘舔了舔樱唇，轻轻叹了一口气。“其实，”她看了一圈，顿了顿，紧接着说道，“其实我并不知道旧密码！”

啊？众人面面相觑。

“这组密码是我猜的！”

猜……猜的？大家全都听傻了，这是高级程序密码啊……

“连翘小姐，你是说……这么复杂的密码都是你刚刚临时猜出来的？”其中一位员工迫不及待地扬声问道。

连翘循声望去，刚想要点头，却在看到这个同事后，忍不住笑出声来：“你的耳朵长得太逗了，哈哈。”

呃？那位员工一脸的尴尬，只见他的确长着比一般人大得多的招风耳。不过这点办公室的同事们都已经习惯了，被连翘这么一说，大家都纷纷忍住笑意。

连翘心思单纯，走上前仔仔细细地看着，就像是在研究什么好玩的东西似的。没过一会儿，她发出一声惊叹：“唉，其实你可以去做特型演员的，在这里工作多枯燥啊！”

办公室里已经有人忍不住发出笑声了。那个招风耳员工的脸上红一阵白一阵的。

正当连翘玩得不亦乐乎的时候，一道低沉而威严的声音响起：“连翘！”

这道声音犹如雷鸣似的，办公室里的员工们纷纷朝声音的来源望去，却在看到来人后吓得鸦雀无声了，连忙如雀鸟儿般纷纷“奔”回属于自己的位置。

这道熟悉的声音传入了连翘的耳中，再加上四周都是静悄悄的，她感到身后阴风阵阵，寒毛也在一瞬间一根根竖了起来……

是皇甫彦爵！她没有回头，却不难联想到他那张毫无表情的脸！

想了想，紫眸在眼眶中“咕噜噜”转了转，随即便硬着头皮回过头来。在对上他的厉眸时，她却是一脸的媚笑：“啊，是你啊，咦？你怎么知道我在这层呢？”

“跟我回办公室！”看着这个丫头对着自己一脸无辜的笑，皇甫彦爵胸腔中酝酿的怒气更加重了。他只是接了一个电话而已，没想到她竟然这么没有耐性，背着自己偷溜了。很显然连翘跑到二十二层来都成新闻了，在他刚刚踏进商务楼便隐隐约约听到众人的议论。带着疑惑来到这一层，果然看到这个丫头在这里，谈笑风生的，一点儿都不顾及自己的焦急心情，太放肆了！

她看着皇甫彦爵阴晴不定的黑眸，心中警钟声大作，她想了想，道：“你要是忙的话就先去忙吧，我想在这里玩会儿——”她的话音刚落，便不难听到众人的一阵倒吸冷气的声音，其实大家都在装作一副忙碌的样子，实际上却在不断偷看这一幕……这个女孩子还真是不一般的胆大，竟然可以跟总裁对着干，真是女中豪杰！

皇甫彦爵闻言，眉宇间的不悦一闪而过，他二话没说，大步上前，一把将连翘像扛麻袋一样扛在肩上。“啊……”连翘发出杀猪般的叫声，她感到眼前一晕，紧接着便有脑充血的感觉。

看热闹的员工们也发出抑制不住的惊呼声，天哪，这是他们高高在上、优雅得令人不敢侵犯的总裁大人吗？他好帅哦！

然而，这浪漫的一幕却不断被连翘的鬼叫声给打断，“皇甫彦爵，你这个大坏蛋，放下我，我不要跟你回去。放我下来，我要晕了！”一边大呼小叫着，一边还不断挣扎着，两只小脚和双手都在不断飞舞着。

“给我老实点儿！”皇甫彦爵在她耳边低吼一声，他的耐性被她的调皮给磨光了，铁钳般的大手箍住她的腰身，令她无法挣脱。几乎是在众人目瞪口呆中踏进了电梯，当金属门缓缓关上后，映出连翘那张委屈的小脸。

“喂，皇甫彦爵，你放我下来好不好……我的头好晕哦……”她扬起粉拳不断挥打着他。该死的男人，害得她连呼吸都变得不顺畅了。这个男人实在太高了，令她感到自己离地面也好高好高……

皇甫彦爵没再说话，从他冷凝的神情中不难看出他内心的怒气，是那种“山雨欲来风满楼”的危险之气。一路上的沉默终于在回到总裁办公室时爆发了。他将连翘一下子扔进了偌大的黑色沙发之中。

连翘感到自己吃的午饭都快被这股力量甩出来了，她摇摇晃晃地坐了起来。终于不再大头朝下了，她大口大口地呼吸着新鲜的空气，感到肺部舒服了些，才看向身边的男人。

“喂，我到底犯什么错了？你凭什么这么对我？”她一脸无惧地瞪着他，一副理直气壮的样子。

皇甫彦爵咬着牙根，一字一句地问道：“这么说，你不认为自己有错了？”

连翘再迟钝也能感觉得到这种对自己不利的气息，她下意识地往后蹭了蹭身子，不服气地说道：“我有什么错了？那个人的耳朵真的长得很奇怪嘛，我只是说说而已，又没怎么样！”

“你给我过来！”皇甫彦爵不耐烦地打断了她的话，粗鲁地下着命令。

“我不！”她才没那么傻呢，他叫过去就过去？

他的耐性被磨光，这个丫头真是不教训不行了，上午刚刚保证过不再淘气，现在又跟他顶嘴！他二话没说，上前一把将她扯住，像抓住一只小雏鸡一样把她拉至胸前，然后一用力她整个人都趴在自己的大腿之上。

连翘一脸恐慌地大叫着：“你要干什么？放开我！”

“啪！”皇甫彦爵扬起大手，毫不客气地照着她的翘臀便打了下去。当然，他只是用了一点点力量，自己的手劲究竟有多大他心里清楚。

这么做也只想让这个淘气的丫头长点儿记性而已！

连翘挨了一下打后，又惊又怕竟然号啕大哭起来，她用力地挣扎着，小嘴也是不饶人：“我讨厌死你了……放开我，我不要跟你在一起了……呜呜……”

本来她的哭声令皇甫彦爵的心狠狠一抽，但随之而来的叫骂声却将他激怒。“你说什么？再给我说一遍！”一贯低沉优雅的声线倏然提高，这也是他发怒的征兆，大手示威地高高举起。

只顾着哭喊的连翘压根儿就没有看到头顶上那双盛满怒火的黑眸，她不服输地再次喊道：“皇甫彦爵你个浑蛋，讨厌死你了！”

屁股火辣辣地疼，就像有把火在燃烧似的！他竟敢打她！

皇甫彦爵听到她仍旧是不服软地大声哭骂，扬起的大手更加毫不犹豫地落了下来。

连翘狼嗥般的哭声更大了。

“还敢不敢骂人了？”他扬声问道，蹙着眉头看着号啕大哭的她。

“我……我……”连翘泣不成声，她用力地蹬了一下腿，小手还狠狠地掐了他大腿一下。

“看来还是没长记性，没打疼你是不是？”他的语气还是一贯的霸道和危险，灼灼琥珀眸盯住她哭泣的脸颊，大声喝道。虽然他有些心疼，但这个丫头实在是太调皮了，他再次举起大手，刚要拍下去。

“我长记性了、长记性了，呜呜。”连翘见他还要扬手打自己，连忙哭着改口喊道。

见状，他将大手放下，覆在她的翘臀上，声音冷硬地问道：“知道自己的错了吗？”

“知道了……”连翘哭得上气不接下气，泪水都将皇甫彦爵的裤子打湿了。

“错在哪儿了？”皇甫彦爵要求自己必须狠下心，这样才能治住这个丫头。尽管他的心已经被她的泪水搅得七荤八素了，乱得不成样子。

连翘听他这么一问，一时间也不知道自己究竟错在什么地方，但当她用眼角的余光瞥见他的大手又动了一下后，吓得连忙说："我不该骂你是浑蛋……呜呜……"

"还有呢？"皇甫彦爵再次厉声问道，骂他是小事，最重要的她还没有承认。

"我……我……"连翘泪眼涟涟的，脑中却在不断地想，"我不该嘲笑那位男员工的耳朵……"

"给我拣重点的说！"皇甫彦爵的耐性再次被她磨光。

连翘连死的心都有了，眼泪也流得更凶了："呜呜……我真的不知道错哪了嘛……呜呜……"

皇甫彦爵脸上的冰霜几乎要将英俊的轮廓给凝住，他黑瞳深沉如潭，沉着气说道："是谁今天上午跟我保证不再淘气了？"

连翘被他冰冷冷的语气刺激得一激灵，一下子想到了今天上午的一幕。于是便连忙回答道："我，是我！"

皇甫彦爵见她还记得，眼中的怒火慢慢退隐，继续问道："今天中午是谁趁着我不注意的时候偷着跑到其他地方玩了？"

连翘撇了撇嘴，声音哽咽地回答："是我。可是你打电话那么……"

"可是什么？"皇甫彦爵一声冷哼，吓得她连忙止住声音，只是在细细地抽泣着。

他看了看她那张憋红了的小脸，如花的脸颊上挂满了泪珠，心也跟着一抽一抽的，于是便语气有些放缓地告诫道：

“下次没有我的允许，不准偷着跑到其他地方去，知道了吗？”天知道刚刚他找不到她心里有多么着急！

好半天，连翘才从嗓子眼里“嗯”了一声，她哭得都没有力气了，再加上又怕又气的，嗓子也快哑了。

皇甫彦爵见她终于乖乖听了话，也不再准备为难她了。他将她拉起后，故意没好气地伸手为她擦拭着粉颊上的泪珠，说道：“以后会不会听话了？”

她点了点头，却带着一肚子的委屈。

“疼吗？”他低沉的语气中带着一丝不易察觉的心疼，连那温润的眸也掠过浅浅的担忧。

“嗯……”连翘低头，声音又哽咽住了，十足一个被父亲打了的疯丫头模样。

皇甫彦爵深叹一口气，想必也是真的疼，不然不可能哭成这样，不过，他的确是没有用太大的力气，只是手扬起、落下而已。他自小便受训于特殊组织，自然天生的力气不能跟常人相比，他就是想到这点才刻意将手放得轻一些、再轻一些，没想到……还是打疼她了。

“下次再不听话，我会打得更疼，听到了吗？”他故意虎着脸，大声地喝道。

连翘憋着小脸，想哭还不敢哭的样子，只是小心翼翼地看着他点了点头，连声都不敢吱了。

“你这个丫头啊……”皇甫彦爵深叹一声，见她这样，心里什么气都没了。她想要轻抚一下她的小脸，却见她一脸惊悚地朝后缩了缩。他眉头一皱，带着与生俱来的威严和权势感，大掌依旧落下，却是带着几分怜惜和宠爱轻抚在她的脸颊上，刻意忽略她满是害怕的神情。然而，在看到她紧紧闭上双眼后，又感到不满。

“睁开眼睛！”他发现自己的情绪真是越来越受到她的牵制，在四大财阀中，他皇甫彦爵可是出了名的好耐性和好脾气，一向以温文尔雅和优雅尊贵著称。但今天，如此优雅的他，竟然被眼前这个丫头逼得动了手，这可是他生来第一次用这种方式来教训一个女孩子！

“自己好好想想，我这次教训得是对还是错！”虽然他很想好好哄一下她，但是通过这阵子的相处他深深地知道，如果真的这么做，这次的教训对她来讲那就是无济于事。说白了连翘单纯得如同个孩子，正因如此，她的行为有时候也会像孩子一样，如果教训过后马上就给个甜枣，那她永远都记不住教训！

连翘哭着点点头，站起身来，打开办公室的门朝外面走去。

皇甫彦爵无奈地摇摇头，这些日子他可真是破天荒地操心，有时候他觉得自己真的像她的长者似的，不得不在她面前扮演严肃的角色。这种良苦用心他还是头一次用在女人身上。

“呜呜……呜呜……”打印室中不断传来连翘闷哭的声音。她简直快要恨透皇甫彦爵了，竟然打她屁股，她长这么大都没有遭受过这种委屈，连爷爷都没有打过自己，他凭什么打自己？还恐吓她！想到这里，连翘哭得更委屈了，她好想马上就回香港！当初干吗来这里啊，早知道这样，打死她也不会来的！对，都怪龚季飏！是龚季飏撺掇自己来这里的！

连翘连忙将手机拿出来，找到龚季飏的电话，毫不犹豫地拨了过去。

电话响了几声后，另一端便扬起那道一贯邪魅的声音：“咦，连翘？”

“呜呜……龚季飏……呜呜……”连翘一听到龚季飏熟悉的声音，眼泪就止不住流下来了，开始泣不成声。

电话另一端的龚季飏显然吓了一跳，似乎也一改一贯吊儿郎当的语气，连忙问道：“连翘，你怎么了？怎么哭成这样？”

“龚季飏……我、我被打了……呜呜……”

“啊？”龚季飏惊愕地发出这么一声，“你被打了？是谁打的你？到底怎么回事？”

连翘哭得开始咳嗽了。她清了清嗓子，抽泣着：“就是那个皇甫彦爵。他打我，还恐吓我……说我下次还、还惹他生气的话，他还打我……”

“连翘，你先不要哭，乖啦，你跟我好好说说，是皇甫彦爵打你了？”龚季飏的语气中有着不可置信，皇甫彦爵竟然打一个女孩子，怎么可能呢？

“就是他打我了……”连翘用力地点了一下头，“他嫌我调皮，还不准我出去玩。我不想在他家待着了，我要回、回香港，呜呜……”

电话另一端传来一声低叹，末了才扬起声音：“连翘啊，你告诉我，皇甫彦爵打你哪了？”龚季飏怎么也没有办法在脑海中勾勒出皇甫彦爵打女人的场面，这是绝对不可能发生的事情，男人打女人，这一向是他们四个人最鄙夷的事情，怎么？

连翘一手拿着手机，一手抽出一张刚刚翻到的面巾纸来，狠狠地擦了一下鼻涕道：“他刚刚打我屁股……呜呜，我恨死他了……”

“啊？”龚季飏再次发出惊讶之声，什么？他没听错吧？打了她屁股？想到这里，他实在忍不住了，也就“扑哧”笑了出来。

“喂，龚季飏，你笑什么？我都难过死了，你还笑？”连翘大声朝着电话那端哭吼着，“如果不是你让我来这里的话，我就不会挨打了！”

“好好好，是我错了，我不应该笑！”

“喂，龚季飏，我要走了……”

“哎，连翘，你要去哪儿啊？”

“我要回香港！皇甫彦爵太讨厌了……我不想看见他……”

“连翘，你这么做太不理智了，现在港大都在放假，你回去做什么呢？”

“嗯……”连翘泪眼闪了闪，“那我回马来，我要告诉爷爷这件事情！”

“唉……”电话另一端竟然叹了口气，“连翘，如果你这么做的话，更是不理智了！”

“为什么，难道我还要待在这里吗？”连翘跺了跺脚，揉了揉发红的眼睛问道。

“你听我慢慢给你分析！”他顿了顿，“连翘，你老实回答我，你爷爷有没有说过你很调皮呢？”

连翘想了想，闷闷地说了句：“说过！”

“那就是了！”龚季飏在另一端扬起低低的笑，“你想啊，既然你爷爷都认为你的确调皮，那一定是希望有个人能帮他管教你，而皇甫彦爵又是你爷爷指定的孙女婿，你想想看，到时候你即使向爷爷告状，他是会帮你还是帮皇甫彦爵呢？”

一句话问得连翘愣住了，过了好半天才低喃了一句：“应该会帮着皇甫彦爵……”她浑身吓出了冷汗……

“真是聪明的女孩子，所以你不能轻举妄动，知道吗？”龚季飏缓缓地诱导着她。

“那我该怎么办嘛，那个皇甫彦爵真的很讨厌耶……”连翘皱着眉头，眼泪在眼圈里打转，紫色的眸子闪烁着一丝无助。

电话另一端响起龚季飏一贯的邪魅笑声：“好办啊，那就是继续留在皇府！”

“啊？继续留在那里，我不要！”

“唉……”龚季飏故作叹气，似乎有些语重心长道，“你啊，真是年轻气盛。难道你忘了我是你的幕后军师了，难道我会害你不成，让你留在皇府当然是出于对你的考虑啦！”

连翘闻言，更是不解了，眼中的泪水虽然已经干了，但眸子仍旧是水灵灵的。

“我不大明白你的意思呢……”她闷闷地问了句。

龚季飏接过话道：“其实我的意思很简单，他竟然打你啊，难道你现在准备忍下这口气吗？如果我是你的话，一定不会让他好过的，我才不会马上离开呢。”

“这个……可是……”她又扬声道，“现在伯父和伯母他们都已经误会我和皇甫彦爵的关系了，怎么办呢？”

“误会你俩的关系？”龚季飏在电话另一端问道，心里却在暗喜。

“对啊，伯母伯父最近正在安排和我爷爷见面的事宜呢，好像已经误会我和皇甫彦爵要结婚的样子呢，所以我要离开啊。”

龚季飏在电话另一端已经快要笑翻了，这正是他心中所愿。“丫头，既然如此，你现在更不能离开了，你一旦消失，伯父伯母会很着急的，想必他们是太喜欢你了！”

“那我怎么办嘛，其实皇甫彦爵说得也对，我又没要真的结婚，到时候万一被逼着结婚怎么办呢？”

“连翘，相信我没错的，你就继续留在皇府。你放心，我很了解彦爵那个家伙，他应该劝过你，要你配合他去跟家里人解释是不是？”

“对啊，龚季飏，你好厉害哦，连皇甫彦爵说的话都知道呢！”连翘的紫眸一亮，小脸上更是全然的崇拜。

“那当然，我可是跟他认识二十八年了！”龚季飏怪笑着说道，“所以这次你必须要听我的，否则你会后悔的！”

“好，我听你的！”

龚季飏显然很满意她的配合：“你继续留在皇府，要想让皇甫彦爵抓狂、让你出气的最好办法就是继续讨伯父伯母的欢心。他们越开心，皇甫彦爵就越会坐立难安。你放心，他的耐性再好也不会眼睁睁地看着自己像木偶一样被扯进礼堂的，他自然会想办法解除这场婚姻，所以，你的任务只是整他！”

“我明白了，也对，堂堂一个总裁怎么会乖乖听家人的话呢，他竟然撺掇我去跟伯父伯母解释！”

“对啊！”龚季飏忍住笑意道，“这样一个坏男人你还不趁此机会整整他，错失良机就太可惜了！”

“对！就照你说的办，他不是要我配合吗，我就偏不，哈哈！”

龚季飏也顺便煽风点火道：“不错，这才是天不怕地不怕的连翘小姐嘛，加油！我会在你的背后支持你的，有任何情况你都可以给我打电话！”

连翘一下子信心十足了，当她挂断电话后，一鼓作气站起身来，紫眸中也燃起熊熊战火，像个美少女战士似的。皇甫彦爵，你等着瞧吧，你一定会为今天的行为后悔的！

夜，黑得透彻，整个皇府却是灯火通明，绿树间透着十足的奢华。暗调的商务车缓缓驶入皇府，经过自动扫描和检测后，进而朝着别墅区的甬道处驶去。没过多久，车缓缓停下。

看着连翘一脸不悦的模样，皇甫彦爵憋住笑意，下了车让司机开走车子之后，大手轻轻拍了她一下道：“还在生气呢？”连翘“啪”地将他的大手拍掉后，瞪了他一眼，没有回答。皇甫彦爵一摇头，这个丫头气性还挺大，看来今天在影印室里一定暗暗地骂了自己好久。不过看她一副不领情的模样，他倒是耸耸肩，低声地说了句：“走吧，今晚早点儿休息！”连翘气得干瞪眼，臭男人，竟然走在自己前面！想到这里，她朝前走了几步，突然故意哀号了一声：“哎呀。”

走在前面的伟岸身影停了下来。他转身却发现她蹲在地上，眸光一掠后，反身朝她走来，问道：“怎么了？”连翘皱着眉头，抬头望着那双深邃的黑眸：“我的脚扭到了，走不了了！”皇甫彦爵闻言，英俊的脸上闪过一抹心疼，他轻叹一声道：“你这个丫头走路都不好好走！”虽是这般斥责着，但还是毫不犹豫地将她拦腰抱起，大步朝前走去。

主别墅的大厅里很是热闹，一家人几乎都回来了。当皇甫彦爵抱着连翘走进大厅的时候，全家人的目光瞬间集中在他们的身上。

“大哥。”早已经等候多时的皇甫缨一下子看到了皇甫彦爵的身影，兴奋地跑上前。

“缨缨，还没睡呢？你一向不是早睡吗？”

老二皇甫彦御开了口：“大哥，连翘怎么了？”

“唉，二哥，一看你就不知道浪漫为何物！这还用问吗，大哥舍不得连翘多走路嘛，就抱着进门喽！”

老三皇甫彦廷笑得很是惬意，说完还坏坏地问了句：“连翘，是吧？”老三的话令连翘有了羞意，马上便将小脸深深地埋进了皇甫彦爵的怀中。皇甫彦爵蹙了蹙眉头，看向三弟，低喝道：“你的想象力还挺丰富的！”

老三吐了吐舌头，耸耸肩不说话了。这一幕自然也落到了展初容与皇甫御风的眼中，两位老人见此情景，自然是乐得合不拢嘴。皇甫彦爵也将父母的神情看在眼中，低叹一声后，看向怀中的连翘：“丫头，你的脚？”

他的话还没有说完，便见连翘仰起头，朝他绽放出一整晚都没见过的笑靥，弄得他心神竟然一阵恍惚。下一刻，她的话便令他大跌眼镜！她一脸羞答答地开了口，还用那种恨不得令全场人都听见的声音：“彦爵，亲爱的，你快放开人家啦，都已经到家了，我自己可以回房呢！”

一句话震得皇甫彦爵差点儿手一松，心里惊道：“什、什么？我可是一片好心哪，再说她的脚不是扭到了吗？怎么？”

在他惊愕的目光中，只见连翘抱着他的颈部便跳了下来。然后又一副极为恩爱的样子依偎在他身旁，对着大家极为羞涩地说了句：“今天陪着彦爵办公事一整天，所以有些累了，彦爵他心疼我，就抱着我回来，让大家看笑话了……”

该死！皇甫彦爵简直被雷到了，一时间站在原地一动未动，只是用惊愕的目光看着身边的女子嘴巴一张一合。半晌，他才明白一切：“连翘！”他还是保持着优雅的笑，却咬牙切齿地低声喝道：“你在搞什么？”她竟然变卦？

连翘没说话，反倒是更贴近他了。皇甫彦爵目光如炬，盯着连翘的小脸半天，该死的女人，她是故意的！不能再让她这么胡闹下去了！他抬头环视了一圈后，说道：“父亲、母亲，趁着大家都在，我需要澄清一件事。”

“哎呀，彦爵，你有什么重要的事都要往后延一延了，我和你父亲也有重要的事情跟你们两个人商量！”展初容打断了儿子的话，摆了摆手说道。皇甫彦爵心中隐隐泛起警觉，难道父母要说的事情是……皇甫御风缓缓开口道：“彦爵、连翘，你们两个人坐过来！”

连翘倒是积极配合，她主动拉过皇甫彦爵的大手，将他拽到沙发上，一同坐了下来。“连翘，”皇甫御风首先看向她，笑着问，“如果我没看错的话，你很喜欢彦爵是不是？”一旁的皇甫彦爵闻言，连忙率先开了口：“父亲，关于这点……”

“我没有跟你说话！”皇甫御风拿出一家之主的样子训斥着儿子，“我在问连翘，你现在没有发言权！”

皇甫彦爵一脸无奈地将伟岸的身子靠在沙发背上。展初容慈祥地问道：“连翘啊，你还没有回答呢？你是不是很喜欢彦爵？”连翘这会儿真的有些不好意思了，她下意识地看了一眼身边的皇甫彦爵，然后低头不语。过了好半天，才轻轻地点头道：“嗯……”轻轻的一个“嗯”字，就像是柔纱般将皇甫彦爵的心包裹住，他不由得怔一下，心里却漾起淡淡的甜意……“那就好了，这就确定下来了！”展初容看着皇甫御风高兴地拍了一下手，弄得连翘一头雾水。

“连翘啊，我们已经定好了日子，下周将会去探望你的爷爷，你说好吗？”展初容拉过连翘的小手，迫不及待地问道。

“啊？”连翘下意识地叫了一声，随即再次看了一下皇甫彦爵。靠在沙发背上的伟岸身子突然坐起，他再也不能保持沉默了，眉宇间凝上郑重：“母亲，这件事太过离谱了，我和连翘……”

“哎呀，儿子，你和连翘怎样我和你父亲都看在眼里，你可别忘了，这桩婚事是早就定下来的，再说你和连翘……你现在这个态度会令我们皇甫家蒙羞的！”展初容再次打断他的话，句句在理地说道。皇甫彦爵像是被人逼供似的：“母亲，我再重申一遍，我和连翘真的是清清白白的，我没有对她……”“伯母，”连翘这时出声打断了他的话，看着展初容，故意说道，“其实我和彦爵真的没有什么，只是彦爵他很体贴我，怕我做噩梦，所以每晚都会陪着我入睡！”一句话，令全屋子的人都明白得不能再明白了！

皇甫彦爵的脸都绿了。他狠狠地看着连翘，恨不得立刻就将她塞进房间里去！她竟然火上浇油？

果不其然，展初容在听完连翘的话后，扬起手捶打了一下皇甫彦爵：“你这个浑小子，还说你没有对人家做什么！连翘自小生活在王室，单纯得如同白纸一样，但你也不能总这么占人家便宜！”

“母亲。”皇甫彦爵现在真是百口莫辩了。

皇甫御风开了口：“连翘，你不用考虑彦爵，自己认为呢？”连翘不难察觉到身边那道炽热而带着危险的目光正灼向自己。性子中的恶作剧分子更剧烈地被调动了，她故作乖巧状：“一切都听伯父伯母的，想必我爷爷见到两位也会很高兴的！”

“高兴，当然高兴了！那好了，这事啊就定下来了。连翘啊，关于婚礼你有任何想法都可以跟我说哦！”展初容越看连翘越喜欢，简直恨不得立刻就把这个儿媳妇迎进门。

连翘羞涩地点点头，娇小的身子更加紧偎在皇甫彦爵的身上：“我想彦爵会安排好一切的……”说完，她还一副乖巧的样子看向他：“是不是，彦爵？”

皇甫彦爵感到血液都要冲进脑子里了，难道是今天给她打傻了？

“好了，我看这事就定下来了。彦爵，这一阵子你先把手头上的公事放一放，多为你的婚礼筹备一下。你是家中的长子，这是头等大事，不容草率！还有——”皇甫御风顿了顿看一下其他子女：“你们有什么好点子也可以提出来，我一定要让皇甫家的婚礼办得轰轰烈烈的！”他一声令下，像个大将军似的。“儿臣谨遵皇令！”老三皇甫彦廷率先站了起来，像模像样地拍了两下袖口喊道。

老二皇甫彦御则点点头，看了看皇甫彦爵道：“大哥、未来大嫂，恭喜两位！”皇甫彦爵一下子站了起来，他感到一个头两个大了，高大的身影笼罩在连翘的头顶，二话没说便将她拉起。“啊，彦爵，做什么？”连翘吓了一跳，即使这样，也装出一副柔弱的样子。

“跟我回房！”低沉的声音扬起，裹着一丝不悦，却没承想更加令人浮想联翩！连翘一下子反应过来，她下意识地想要挣脱："彦爵，我现在、现在还不想睡觉……"完了，看他的样子一定是生气了，他会不会又要打她？想到这里，她的双腿都开始发软了。展初容却不知道连翘心里是怎么想的，她上前呵呵笑道："连翘，你陪着彦爵一天也挺累的，听彦爵的话，跟他回房休息吧！"她故意将"跟他回房"这几个字着重说了出来。

连翘的小脸有些苍白，而皇甫彦爵却意外地顺水推舟，将头俯下靠近她的耳边道："看到没，连母亲都这么说了，还不跟我走？"低低的语气带着威胁，亲昵的举动却令人难免误会。话音刚落，有力的大手便像铁钳一样死死箍住她的手腕，几乎是拖着将连翘拉出了主别墅区！

"放开我、放开我，皇甫彦爵！"

晶莹的水晶吊灯将皇甫彦爵伟岸健硕的身影拉得很长很长，几乎湮没了连翘原本就娇小的身躯。他英俊的脸颊散发着如大理石般的冷漠，找不到一丝人性的表情。他的大手死死地箍住她的手腕，一点儿没有松手的意思。"我不要回房间！救命啊！"连翘猛地一手拉住楼梯的扶手，满脸的惊恐神情。完了，她绝对不能跟着他进房间，否则一定会再次挨揍的！要是一天被同一个男人打了两次屁股，这简直是一件太丢脸的事情了，所以她死也不会进房间的！

皇甫彦爵见此情景，感到简直是又气又好笑，逼人的双目近距离地锁定住她："你的记性不是一般的差，难道你忘了我说过在这个别墅里，没有我的允许下人是不敢进来的？"

连翘傻愣住了！她环顾了一下楼上楼下，的确一个下人的身影都没有，这下子杀人灭口都可以了……

主卧室的门几乎是被皇甫彦爵一脚踹开了，下一刻，连翘就像麻袋一样被扔在了床榻之上。

她感到五脏六腑都快被甩出来了，难受死了。挣扎着坐起来之后，她却看到皇甫彦爵正在居高临下狠狠盯着自己，眼角抽动。“皇甫彦爵，别以为你这么瞪着我我就害怕了！”连翘干脆站了起来，却发现还是没有高过他，于是便跑到旁边的水晶桌上，三下五除二便踩了上去！

“你给我下来！”皇甫彦爵紧绷着的双唇慢慢吐出言语。她站那么高干什么？难道不怕摔下来吗？“偏不！”连翘一边说着还一边夸张地跺了跺脚，原来从高处看着皇甫彦爵的感觉还是挺好的。皇甫彦爵也不逼她，意外地坐在了床边上：“说吧，你到底怎么回事？”

“我？我怎么了？”

“今天上午你答应我什么了？我不是已经跟你说过要你乖乖配合我吗？”皇甫彦爵捺着性子提醒着她，微眯的眼眸中透着一丝不悦。

“喊，你还答应过我要对我好呢，结果怎么样，竟然还打我。哼！你都出尔反尔，我为什么就不能？”她似乎有些站累了，干脆直截了当盘腿坐在了桌面上，典型一副小太妹的模样。

“你的意思是你是故意的了？”他的眼神已经开始泛起微微的怒意，连语调都变得冰冷了很多。连翘硬着头皮道：“你也看到了，伯父伯母已经决定的事情，我、我怎么更改啊？就算我配合你跟他们解释，他们也未必相信了……”

皇甫彦爵猛地站起身来，高大的身影倏然将她完全笼罩，她的双肩也被那双铁钳般的有力大手给抓住：“我恨不得直接给你扔回马来去！”他在她耳边大吼着，几乎要将她的耳膜震破。

“你凭什么对我大呼小叫？”连翘反倒不怕他了，紫眸闪烁着勇敢的光芒直直对上他的怒意，“谁让你今天打我了？反正我没有你着急，伯父他们喜欢去见我爷爷就去见了，结婚就结婚，谁怕谁啊！”

“结婚？”皇甫彦爵被她的话气得脸都绿了，“该死的，你再给我说一遍！”

“说一千遍一万遍又怎么样？我说结婚就结婚，谁怕谁啊！听到了没有！”连翘的声音比他还大，毫不畏惧地朝他大吼着！

“你知道自己在说什么吗？结婚？你明白结婚的含义吗？”皇甫彦爵没料到她会这么说。白天的时候还一副怕得要死的样子，怎么到了晚上一切都变了，一定是在跟自己赌气，一定是这样！

“哼！”连翘闻言一扭头，“什么含义不含义的，我才懒得理解那么多呢！总之我一点儿都不着急，你要是着急啊，你自己想办法喽！”说完，她看了一下手表，然后极度夸张地说了句：“唉，怪不得我这么困呢，原来马上就到12点钟了！”

“不准睡觉！”皇甫彦爵霸道地命令着。连翘一脸的无辜，她耸了耸肩膀道：“喂，皇甫彦爵，你应该知道这睡不睡觉的我压根儿就控制不了，你也控制不了。到了时间我自然就会睡着，你即使这样紧箍着我不放也没用啊。你啊，还是赶快想办法解除婚约吧！”说完，打着哈欠一头栽在了床上。一边的皇甫彦爵早已经被她气得七窍生烟了！

Chapter 第五章 假戏真做

命运，总会在不经意间改变些什么，如一瞬的感觉，又如，两人的缘分，只能说，命运之神，神秘难测……

微风拂过，淡淡的清雅花香便飘进房间，清透的晨光懒洋洋地洒在舒适的地毯上，使人不由得心情变得格外轻松。最起码连翘会这么认为，尤其是昨晚还结结实实地把皇甫彦爵气得够呛！

想到这里，她竟然笑出了声。一回想昨天他那张几乎黑绿的脸，连翘就没来由开心。今天继续！看了看时间，嗯，应该是皇甫彦爵吃早餐的时间，嘿嘿，她三下五除二地飞速洗漱完，朝着主别墅区跑去。

主别墅的大厅很安静，阳光暖暖地投射在黑色大理石的地面上，折射出一道道耀眼的光。皇甫御风和展初容一向有喝早茶的习惯，这会儿正悠哉地看着报纸，喝着冒着沁透香气的茗茶，就连空气中也飘着这种高雅之气……

连翘蹦蹦跳跳地出现在主厅时，两位老人眼前一亮。

“连翘，来。”展初容脸上漾着笑，朝她摆手。

“伯父伯母早上好！”连翘极其乖巧地一边说着，一边坐在了他们中间。

“起床了，还没吃早饭吧？林姐！”皇甫御风关切地问着，随即叫来了管家。

林姐上前，连忙说道：“老爷、夫人，连翘小姐的早餐我已经命人准备好了！”

“嗯！”展初容点了点头，看到连翘又打了个哈欠时，关切地问道，“怎么？昨晚没睡好吗？”

连翘摇摇头道：“不是，伯母，昨晚我睡得很好！”说到这里，她像是想起了什么似的，环顾了一下四周。

“怎么了？”展初容奇怪地问道。

连翘眼中掠过一抹失望：“伯父伯母，彦爵他人呢？”

不会吧，这么早就去公司了？这才几点钟啊！

展初容笑了笑："今天一大早我们也没有看到他。林姐，大少爷用过早餐了吗？"

林姐一向负责皇府饮食，摇摇头："回夫人的话，今天我也没有看到大少爷的身影，早餐他也没有动过呢！"

"这是怎么回事？彦爵一大早就去公司了？"皇甫御风放下手中的报纸，疑惑地问道。

"这个……"林姐支吾了一句，"按理说大少爷没有这个时间出门的习惯啊……"

"完了。"连翘一脸的沮丧，娇小的身子坐在那里一动也不动。

"怎么了？"展初容被她的神情吓了一跳，刚刚还好好的，怎么转眼就这般表情了？

她下意识地抓住展初容的手，满脸委屈："他一定是离家出走了，不要我了！"一句话说得皇甫御风和展初容都面面相觑，一时间没有明白她话中的含义。

什么叫离家出走了？

连翘见展初容一脸的不解，连忙解释："伯母，是这样的：其实彦爵一直不能接受我们的婚约，虽然他、他对我很好，但他说自己还没有做好结婚的心理准备。我昨晚就安慰他喽，其实我很怕他离开我呢，可能是我昨晚说得太多了，他的心理负担加重，所以今天就离家出走了……"

皇甫御风闻言，大手一下子拍在了茶几上怒道："这个逆子，竟然没出息到这种程度？'男大当婚，女大当嫁'是天经地义之事，有什么心理准备不充分的？他越是这样，我这个做父亲的就越要尽快促成这桩婚事，我看这个浑小子还会有什么借口！”

“哎呀，御风，你看你这个脾气！”展初容连忙劝道，“也许是连翘想多了呢，说不准是公司有急事需要他处理，一早出门也是正常的嘛！”说完，她将头转向连翘，轻声安慰道：“连翘啊，你放心吧，彦爵不会丢下你不管的。即使他真的这么做了，我们做父母的也绝对不会同意的，你这个儿媳妇我们皇甫家是要定了！”

连翘轻轻地“嗯”了一声，心里却在暗暗低咒：“这个该死的皇甫彦爵，一大早就跟我玩捉迷藏，一定是怕了我才逃到公司去的。等我吃完早饭一定要想个更好玩的整人方式，再狠狠地捉弄他一下！”

正想着，一道柔美的声音扬了起来，声音不大，低低地带着些小心翼翼：“大家不要担心了，大哥他只是外出了！”

连翘循声望去，一身白色公主裙的皇甫缨站在楼梯扶手处，纯美的眼睛一动不动地看着连翘。

听到女儿这么说，展初容有些奇怪：“缨缨，你说你大哥外出了？什么时候的事，怎么也没有提前告诉我们一声呢？”

连翘也睖睁了，外出？是出差吗？可是昨晚他没提起过呀。

皇甫缨缓缓下了楼，脸上挂着淡淡的笑意：“爹地、妈咪，你们忘了吗，四大财阀每年都会有聚会的！”

两位老人一听顿时恍然大悟。哦，没错，一年一度的聚会是在这个时候。

四大财阀的聚会？连翘闻言眼睛一亮，那个冷天煜和凌少堂想必真人一定也是帅得掉渣吧。看过龚季飏和皇甫彦爵就知道了，其他两个人也不会差到哪去。不过这个聚会似乎很是神秘的样子，起码外界都是这么评价的，可惜不是四大财阀的人压根儿就进不去，更不会知道聚会的地点在哪里。

想到这里，连翘却生了一肚子气！皇甫彦爵这个可恶的男人，有这么好玩的事情竟然不告诉自己，更可恶的是一大早就偷偷跑了！一定是怕自己了！正想着呢，她的手心一热，转头却看到皇甫缨正拉着自己的手，脸上有着梦幻般的笑容。

“连翘，我们去花园玩好不好？顺便采些鲜花回来！”

连翘点点头。

花园根据不同的花草植被分成了不同的区域，正值百花争妍时节，因此各色花蕾都美得耀眼。连翘对花不是很在行，不过是女孩子就很喜欢鲜花，她也不例外。当她置身花海时，脸上漾着美丽的笑靥，几乎看傻了皇甫缨。

“连翘。”她低声地叫着她的名字，柔柔地站在那里，四周的鲜花将她包围。

连翘回头看向她，朝她豪气地一伸手：“缨缨，你是怕花枝剐坏了你的裙子吧？没关系，来，我拉着你走哦！”

皇甫缨淡淡地笑了笑：“不是啦，我只是觉得你笑起来好美，要不然我大哥怎么会那么在意你呢……”

连翘耸了耸肩膀道：“我看你大哥快被我气疯了！不过，我觉得他身手蛮好的，一定会有必杀技！”说完，掩唇一笑。

“必杀技？”皇甫缨显然被她的话逗乐了，“难道我大哥没告诉你吗？他最拿手的便是飞刀了，要论必杀技的话，嗯。”

她陡然眼前一亮：“对，‘追影’！‘追影’便是必杀技了！”

“追……影……”连翘闻言夸张地拉长了声音，“哇塞，我没有听错吧？好武侠的名字哦！”

皇甫缨不解地看着她那夸张的神情：“什么跟什么啊？追影是一把飞刀！是我大哥最喜欢的一把飞刀，旁人连动都不让动呢！”

“真的？那现在这把飞刀在什么地方？”连翘好奇地问道。

“你要做什么？不会是想要偷走吧？追影在我大哥眼里可是比生命还重要的东西，你不能碰的！”

“只是一把飞刀而已嘛，至于那么大惊小怪的吗？再说，我即使想看也要先知道存放的地方才可以啊！”

皇甫缨轻喃：“也对，其实告诉你也无妨。大哥一向喜欢收集飞刀，这些飞刀都被放在书房旁边的暗器房里，追影也在里面。我曾经无意间看见过一次，它真的好漂亮哦，上面的那颗宝石也是世间绝无仅有的呢。”

“暗器房？”

皇甫缨似乎察觉到了连翘的心中所想似的：“我劝你还是省省吧，即使你找到那个房间也没用的！”

“为什么？”

皇甫缨将散落在裙摆间的紫色花瓣轻轻抚落：“因为那里是做过光子加密处理的，只有我大哥能够开得了，其他人获取不了密码压根儿就进不去！”

“哦。”连翘紫眸间却闪烁着一丝快意，不就是密码嘛。

皇甫缨美眸一动不动地看着她，良久，才抛出一句不相干的话：“你好像对我大哥一点儿都不了解似的！”

“了解！我当然了解了！”她跷起二郎腿，小脚还一颠一颠的，顺手摘了朵鲜花咬在嘴里，“他这个人自大、霸道、小气、小心眼，总之，就是一个讨人嫌的男人！不过他却长了一张漂亮的脸蛋，想必风流情事也不少！”

“你干吗这么说我大哥？他才不是你口中的那种男人呢！”皇甫缨有些不高兴了，美眸中也扬着不悦，“我大哥一点儿都不风流。”

“嘁，我就不相信他那么纯情，难道他是外星人啊？”

“我大哥就是没有感情故事嘛！他没有喜欢的女人！”

连翘见她不像是在开玩笑，紫眸中也透着认真：“你说的是真的？”

“当然，我有骗你的必要吗？你……”皇甫缨有些不自然地指了指连翘说道，“是住进我大哥别墅的第一个女人！”

“什么？我是第一个住进来的？”她听了一愣，指了指自己的鼻子，眼睛瞪得大大的。天哪，想想就后怕，如果昨天晚上被他暗杀了都不知道……

看着她一副惊骇的样子，皇甫缨反倒是疑惑不解了，蹙着眉头说道：“你这个人真是奇怪呢，你知道有多少女人想住进那幢别墅里去吗？”

连翘不以为然地扬了一下手：“你都不知道一到晚上皇甫彦爵有多恐怖，我跟他住在一起简直是承受了巨大的心理折磨。早知如此，我才不来这里呢！”

一想到前两天他那恐怖的样子，她就害怕！

然而她的话落在皇甫缨的耳朵中却变了味道。虽说对于男女之事她没有经历过，可没见过猪肉还没见过猪跑吗，自然而然便联想到了。

夜深人静，整个皇府全都笼罩在夜色之中。连翘几乎是一层层、一个房间一个房间地搜查，眼睛也瞪得大大的，生怕错过每一个角落。

暗器房、暗器房……她的目的只是暗器房！真是不找不知道，一找吓一跳呢，原来这幢别墅这么大，房间这么多……

“我就不相信暗器房还能长着腿会跑？就算我整晚不睡也要将它找出来！”

她将小脸下意识地扭到身边的房间，但在看到房门的构造后，原本气愤的眸子陡然被兴奋点亮！专门设置密码的房门应该就是暗器房。

她轻轻扭动了一下房门把手，发现这道门果然封禁难启，是采用最尖端的光学密码仪。不但需要一组最精密的组合密码，更重要的是需要检验密码设置者的指纹。

幸亏她早有准备，多亏了阿姐，否则自己一定会无功而返的！要想得到皇甫彦爵的指纹很简单，只需要下降头进行指膜重塑，当然，这也是她一把鼻涕一把泪向阿姐求来的。

她将手指轻轻按在密码屏上，似乎在冥想一般。半晌，她才睁开眼，紫眸中闪烁着得意的光芒：“皇甫彦爵啊皇甫彦爵，你这个人还真是可笑呢，组合密码这种东西能够阻止正常人不假，但是阻拦不了我连翘嘛。哈哈，因为我是神人哦！”

“咯咯”的笑声从她的喉咙逸出，连漂亮的眼睛都笑成一条线了。

耳边便传来“咯噔”一声，是房门开动的声音！

连翘张大了嘴巴，重塑指膜还真是好用，她在心里狠狠地将墨夷染容崇拜了一回！

几乎是摸索着才找到了开关，随着眼前一片光亮，连翘的眼睛也随之瞪大！

这是房间吗？她吓得差点儿一下子瘫软在地上。这个房间的高度足足跟别墅的高度相同，原来，这是一个经过特别设计的空间，最中间的旋转楼梯则可通达上上下下每一处。

这个空间竟然也设计了不同的隔断，每个隔断都有着让连翘目瞪口呆的先进武器！

她几乎快哭了，这么多的武器她要如何才能找到追影呢？早知道就将皇甫缨拉过来了，只有她见过追影是什么样子的嘛。这下子可好，要她在这么多武器中找到一把飞刀，这简直是大海里捞针。

追影对皇甫彦爵那么重要，只要她拿到了它就等于有了威胁他的筹码，到时候他不想回家都难。该死的男人！打完了她就想溜走？

她开始了真正的“地毯式”搜索，一层接着一层，几乎一点儿疲累的迹象都没有。这些武器几乎令她眼花缭乱，每一样武器都散发着寒光。

当她登上了第四层空间的时候，惊呼了一声，这里整整一层的空间全部罗列着各种各样的飞刀！

她用手掩住了张大的嘴巴！如果不是今天亲眼所见的话，她一定会认为世界上的飞刀只有一种，都是一个样子而已。追影到底在哪里呢？

她再次咬了咬唇，下决心朝着里面走过去，一个转弯，眼前突然一亮！离她不远处有一个看上去是用水晶做成的储物隔断。头顶上的水晶灯柔柔地映射在这个隔断上之后，竟然散发出光彩夺目的光芒，而储物箱中摆放着一把同样闪烁着斑斓色彩的飞刀！

追影！这把一定就是追影了！过了好久，她才反应过来，大叫一声后连忙跑到储物箱前，透过晶莹剔透的水晶隔断看着眼前的这把飞刀！

摆放的高度很显然是按照皇甫彦爵的身高来设计的，看上去对于连翘来讲多少有一点儿困难，她只能仰着头看着这把传说中的“追影”！

这把飞刀的材质不同于其他飞刀，表面竟然散发着令人不寒而栗的寒光！

即使隔着水晶，她也不难感受到这种独特的力量。飞刀上最醒目的便是那颗深邃如大海颜色般的宝石，在水晶的辉映下闪耀着各色奇异的光芒，最后各束光芒竟然映得墙壁一片蔚蓝……

“追影啊追影，我来了……你可知道我找你找得好辛苦哦……”越是靠近这把飞刀便越能感觉到那份锋芒。连翘感到还没有碰到刀身，一股寒气便从她的指尖穿过，刀身很重，是那种具有金属质感的重量！

只是她体内一向好奇的因子又开始蠢蠢欲动了，难道这把飞刀真的就这么坚硬？

想到这里，她蹙了蹙眉头，没过一会儿，眼前陡然一亮，对了，刚刚她记得经过一处放有“助溶器”的地方……

夜深月明，浅浅的光在连翘脸颊上流转，但这神采却伴着她的一声尖叫，瞬间消失。

天色渐渐转亮，倚靠在门边的小小身影移动了一下。她看了看手中的飞刀，撇了撇嘴，然后抓起了手机，道：“喂，皇甫彦爵……那个，你那把飞刀被我一不小心给弄坏了……”

安静的午后散发着清淡的扶桑味道，是连翘最喜欢的紫扶桑暗香。她懒洋洋地躺在偌大的床榻上，翻来覆去却没有一丝倦意，除了一点点慵懒之感外没有其他感觉。

她挑眉看了一下时间，从昨晚开始自己的生理习惯竟然发生了变化，午夜12点钟竟然没有昏睡过去！

房门被巨力撞开，吓得一直在假寐的连翘猛地睁开了眼睛，随即眸中倒映出男人高大的身影来。

皇甫彦爵？

她还没来得及喊出声，娇小的身子便被他的大手一把拽了起来。瞪大了紫眸对上他那双近乎愠怒的眼睛，她有些烦躁地朝他大吼：“喂，你是野人啊？难道你一直用这种方式跟人家打招呼吗？”

“打招呼？”皇甫彦爵鹰一样锐利的眼睛散发出来的锋芒同利剑一样，“你认为我在跟你打招呼吗？东西呢？”

一声低吼吓得她缩了缩脖子，小心翼翼地看向他：“东西？什么东西？”

“装糊涂是不是？”皇甫彦爵黑眸都快要喷出火来了，“你说什么东西？飞刀！追影！”

连翘咽了一下口水，小心翼翼地探出一根手指指了指他的大手：“你一直这样揪着我，要我怎么给你看追影呢？”

他怒瞪着眸一把松开了她。

连翘坐回了床上，大口大口地喘着气，小手还不断地在自己胸口上拍了拍，似乎在平定惊骇的灵魂似的。吓死她了，他竟然像阵旋风一样“飞”到她面前，对自己鼻子不是鼻子眼睛不是眼睛的，看到他这副模样，她竟然有些胆怯了，真不知道一会儿他看到自己心爱的追影后会怎样。

“你在磨蹭什么？快点儿！”

连翘极其不情愿地站起身来：“有什么了不起的，就一把破刀而已嘛，白给我都不要！”说话间，手中已经多了一个用红布包着的东西。

“给我！”他迫不及待地抢了过来。红布在他的大手中摊开，原本锋芒漂亮的追影已经变得满目疮痍：刀尖弯了，刀身变黑了，就连上面的宝石也不见了，只剩下一个显眼的黑窟窿……

“追影！”他一声哀号，大有一副“听者伤心，闻者落泪”的悲痛，伟岸的身子微微一颤，竟颓废地跌坐在床上！

见他脸上掩饰不住的伤感，连翘觉得自己有必要上前安慰一下，毕竟弄坏追影并不是她的初衷。

“其实吧，我真的没想着弄坏它，只是因为好奇而已。缨缨说追影无坚不摧、其坚无比，那我就想试试了，没想到……”她越说声音越小，因为她发现皇甫彦爵已经抬起头看着自己，那眼神比刚刚还要锋利。

“你是怎么找到它的？”他阴沉着脸，声音中透着丝丝危险。连翘将身子老老实实地紧贴在墙壁上，这样令她似乎能够安全些，道：“就是在你的暗器房嘛！”

“给我拣重点的说！”皇甫彦爵一声低吼，眼神中早已经泛起怒意，薄唇也紧抿着，“给我说你是怎么进的暗器房！”

连翘弱弱地回答：“你设置的密码那么简单，一想就想到了。还有指纹密码是我求阿姐施的降头术用你的指膜打开的……”

皇甫彦爵猛地站起身来！一股莫名的压力陡然朝她袭近，头顶上的阴影渐渐扩大，直到将她完全湮没。

“为了损坏我的追影，你可是煞费苦心啊！”

“你以为我很想破坏飞刀吗？如果不是你偷偷溜掉的话，我会想出这个办法逼你回来吗？”

他狠狠地盯着她：“我偷偷溜掉？真是可笑，我还要跟你报告我的行踪吗？你希望我回来，好，我现在已经站在你面前了，你想怎么样？”

连翘被他这么一问反倒是不知该怎么办了，一时间没有话说了。她低下头，闷闷地说了句：“追影已经成了这个样子了，我也很难过……”

“连翘！我跟你说过多少遍，为什么总是不听我的话？”他强压着心中那股不断流窜的怒火，“你真的打算听从他们的安排嫁入皇府？你不要忘了再过一两天，他们就会见面定下婚期！”

“那又怎么样？反正我无所谓，嫁就嫁呗！”连翘一听他这么说，反倒是轻松了，她越是这样，他就会越抓狂。

“嫁就嫁？”他再次低吼，挑眉看向她，这句话就像是导火线似的，将他的满腔怒火全都点燃了，“你在跟我闹别扭是不是？这就是你整我的手段？”

“放开我，你弄疼我了。”强大的手劲令她皱紧了眉头，一阵呼痛。

“疼？你可知道我现在的心有多疼？”皇甫彦爵没有一点儿放开她的倾向，大吼的声音几乎要将她的耳膜震破。

“你哪里疼关我什么事？我知道现在我的胳膊好疼，放开我、放开我——皇甫彦爵，你这个大坏蛋！”连翘用力地挣扎着，甚至抬起小脚踢他。奈何她的力气跟他相比简直不值一提。

“你给我老实点儿！”他语气中警告的意味越来越浓，手劲也下意识地加大了。

手臂上，被连翘狠狠咬了一下，他一松手，她跑了。死丫头，咬人还挺疼的！

“Taxi。”别墅外，当一辆计程车准备飞驰而过的时候，连翘一嗓子吼住，猛地拉开车门。

“连翘，你给我回来！”不远处吼出一嗓子，皇甫彦爵的高大身影紧跟其后。

连翘一见，吓得一溜烟钻进了车子里：“司机，快点儿开车！”

“你给我下车！”当皇甫彦爵快要追到计程车前的时候，车子像火箭一样飞速离开了。

“该死！”他低咒了一声，拿起电话，“Jeasio（杰西奥），马上给我备车！”可恶的丫头，竟然在自己眼前跑掉，好，一定要抓住她！

车子不知开了多久，驶入一片繁华区时，连翘下了车。

“哎，女士，您还没给钱呢！”

“哦……”连翘苦着脸道，“对不起啊，我没有带钱……”

“什么？女士你没有开玩笑吧？刚刚你可是从富人区别墅下来的，怎么会没有钱？”

连翘也有些着急了，由于她跑得匆忙，连手机都没有带。她几乎要将自己身上所有的衣兜都翻遍了：“司机先生，我真的没有带钱……”

“女士，难道你身上就没有什么值钱的东西吗？”司机恨不得一头撞在方向盘上了。

“这些钱够了吧？”一张钞票扬在他眼前，跟着便是好听的男人声音。

司机一见大钞，两眼发光，连忙点点头：“够了，当然够了。您等着，我马上找您零钱！”

“不用找零了！”男人的声音充满阳光味道，话音落下后，大手拉过连翘的手臂，大踏步朝前方走去。

连翘被眼前这个大男人拖着走了好久才反应过来，她一把将他的手甩开：“你是谁？”

男人转过身，刚毅而阳光的脸颊，精致而深镌的轮廓下有着一双如海一般蔚蓝的眸子，就像美人鱼手中的蓝宝石一样，在阳光下闪烁着令人痴迷的光芒。

“呀！”连翘欢呼了一声，“乔治学长，原来是你！”

乔治，中美混血的英俊男子，也就是连翘之前提到的学代会会长，她“暗恋”的对象。

阳光下，他多情的蓝眸子闪耀着如海一般神秘的色彩，头顶一圈圈光晕映在连翘带笑的紫眸间。

WILLS（威尔士）高级旋转餐厅，因高度而著名，更因高贵而闻名。

连翘选择的位置很好，背后的落地窗处正好看到八十几层以下的繁华景象，虽说对于她来讲有那么一点点眩晕。

他几乎是微笑着将连翘狼吞虎咽的模样纳入眼底，只见她一副吃饱喝足的样子，下意识将纸巾拿起，拭过她的唇角，却在她浅浅的笑靥中有片刻迷失。

如玉的小手在他眼前晃动，才将他拉回现实。

“乔治学长，你还没有说你怎么会来这里呢？”

乔治一笑：“很简单啊，因为我父亲的公司总部在这里，每到假期我都要过来这边帮忙的！”

“哦！”

“你呢？不是应该回马来吗？”

“我啊，嗯。”她想了想，也不知道该如何跟他解释，一摆手，“我是来看哥哥的！”她也形容不好自己和皇甫彦爵的关系。

“很显然，你的旅途生活不是很愉快！”乔治喝了一口咖啡，动作中也透着悠闲。

“唉。”连翘干脆手支着头，“别提了，我都后悔死了，早知道回马来了！”

“现在后悔还来得及！”乔治朝她一伸大手，“有没有兴趣跟我去旅行？两个人的旅行！”

“现在？”

乔治点点头，笑得很阳光。

“可是你不是说要帮爸爸的忙吗？”

“工作是永远做不完的，人生就这么一次，当然要及时行乐了，难道不是吗？”乔治将身子前探，蓝宝石一样的眸子闪着诱惑。

连翘连连点头：“太好了，好哇好哇，我答应你。我们什么时候出发？还有第一站要去什么地方？”

“一切你来定，我的任务只是希望可爱的公主开心！”

乔治优雅一笑，深邃蓝眸竟然渗着丝丝情愫。

“那好，我们一言为定！”连翘见他一直伸着大手，便击掌为盟，却在快要收回时，被紧握在厚实的大掌之中。

“相信此次一定是最难忘的旅行！”他的话透着一股子深意。

“嘻嘻，如果被学校里的女生知道的话，她们一定会嫉妒死我的！”

“为什么？”

“因为乔治学长很受女生欢迎啊，她们都好喜欢你呢！”

“那你呢，喜欢我吗？”乔治突如其来地问出这句话，却道出了一直以来心中的秘密。

连翘，她可知，在她作为新生入学的第一天，他便痴迷了呢。想必这个假期是老天做下的缘分，竟然可以让两人相遇。

他的问题让连翘微微怔了一下，点了点头，她的确很喜欢乔治学长啊。

乔治的唇缓缓勾起，笑暖暖的，就像天边那一抹彩云似的，带着清透的温柔，将掌中的小手握得更紧：“连翘，做乔治学长的女朋友好不好？”

“女朋友？”

“没错，我想成为连翘的男朋友呢！”

连翘咬了咬唇，不经意间脑中闪过那个熟悉的高大身影：“可是……我不知道哥哥会不会同意呢！”

乔治倒是微微一怔：“你哥哥？他对你很严厉？”这种事情，即使做哥哥的也不会阻止吧。

“他呀，对我可凶了，而且还小气得很呢！”

“关系这么不好？”

“说不清，有时对我可好了，经常带我吃冰激凌，有时就对我超级凶，就拿刚刚来讲，他差点儿杀了我呢！”一想到刚才的情景，连翘便直冒冷汗，幸亏自己跑得快，否则后果不堪设想！

“杀了你？”乔治不可置信地瞪大了眼睛，这对兄妹可真火暴。

“是啊！”连翘越说越气，干脆站起身来，“只是因为一把破飞刀而已嘛。我又不是故意弄坏的，哼，大不了再赔他一个‘追影’喽，竟然搞得跟我杀了人似的！”

“忘掉不开心吧！”乔治坐到她身边，轻轻钩住她的腰身，“兄妹俩哪有隔夜仇呢。不过连翘，我觉得交男朋友是你自己的事情，跟你哥哥无关。不过出于礼貌，我会跟你哥哥打招呼的！”

“可是……”

“不要可是了，连翘，你喜欢我，而我也喜欢你，那两个彼此喜欢的男女就理应在一起，不是吗？”

连翘张了张嘴，其实她刚刚想说的是，她和他不是亲兄妹啊！

“答应我，好不好？”他干脆向她发起猛烈进攻。

“那我成为你的女朋友之后，我应该做什么呢？”心里还是没底，她一向喜欢说得明白些。

乔治一笑：“很简单，在我身边就好！就正如我们的旅行，只是刚刚开始！”

她沉默了，没过一会儿便开心地点头！反正要离开皇府的，还不如去旅行，当作散心。

“谢谢你，我可爱的公主！”乔治狂喜，将她也下意识地搂紧，抱得美人归的确是一件乐事。

“来，我们讨论一下旅行计划！”

“好啊！”

夏日的阳光照在柏油路上，腾起更多热气。

连翘手捧着一个超大的香蕉船一边走着一边跟乔治有说有笑，就在两个人快要过马路的时候，一只强有力的大手猛地抓住她的手。

紧接着，整个香蕉船掉在了地上。她还未反应过来，娇小的身子便被突如其来的高大身影给拽过，朝着相反的方向走去。

“喂，我的香蕉船，你……”

“给我闭嘴！”皇甫彦爵一声低喝打断了她的尖声惊叫。

连翘这才看清眼前的男人，魂儿都快吓飞了。“放开我，放开我！”这才一下子反应了过来，小小的身子不断朝后面蜷缩着，奈何压根儿就抵不过那股强劲的力量。

身后跟着的则是一脸震惊的乔治：“先生、这位先生，请留步。”

皇甫彦爵停住了脚步，站在原地打量着眼前的大男孩，锋利的隼眸迸射出一道犀利的光，就如脱鞘的利剑般。

乔治不由得打了个寒战。只消看一眼便不难感受到那股与生俱来的威胁力和压迫感，虽然这个男人没有说话，只是站着便已经是鹤立鸡群了！这个男人是谁？竟然有些眼熟！

“让开！”半晌他开了口，一贯的优雅中竟然透着沁心的凉意。

乔治感到自己的心竟然如同被浸泡在冷水中一般，张了张嘴巴，好半天才说了句：“先生，请你放开连翘！”想到自己也是堂堂七尺男儿，竟然被另一个男人的气势给吓倒，他不免觉得有些尴尬。

连翘见有人给自己撑腰，胆也壮了不少，她扬起小手拍打着他的手臂，挣扎着：“喂，你快放开我，要不然我让乔治学长教训你！”

皇甫彦爵压根儿就没将这个所谓乔治放在眼中，连看都不再看一眼，直截了当地对连翘下着命令：“你在外面也疯够了，跟我回家！”说完，便绕过乔治，扯着连翘大踏步走了。

“学长，救我！”她的尖叫声频频引来路人注目。

乔治再次拦住皇甫彦爵：“先生，你没看到连翘压根儿就不想跟你走吗？”

“小伙子，趁我没有发怒之前走开！”皇甫彦爵从来都没有这么烦躁过，连声音都透着不悦。

“我知道你一定就是连翘的哥哥了！”乔治挺了挺腰身，丝毫不畏惧。

“你说什么？”皇甫彦爵停住了脚步，不语，仅是以那精锐如禽的眼眸直盯着乔治，像是要毫不留情地刮碎他。

“我应该没有说错吧，你就是连翘的大哥吧？”他想要再次确认一下。

皇甫彦爵竟缓缓地漾起笑容，眼底幽深，令人摸不透他的心思。

“嗯，如果你是连翘的大哥，那么我有件事想要跟你说……”乔治丝毫没有察觉到，见他笑容不减，胆子也变得有些大了。

“哦？有事？说！”皇甫彦爵神态温和，但黑眸却更加深沉了。

乔治漾起阳光般的笑容：“其实，我对令妹倾心很久了，而她也在刚刚接受了我的求爱。你是她的兄长，自然也就是我的兄长，如果你不反对的话，我想跟连翘正式展开恋情。而且，请允许我和她用旅游的方式来度过这美妙的假期！”

“原来是这样！”皇甫彦爵动作优雅地松了松领结，戾气却已悄悄染上剑眉。

“是的，请你相信我，我对令妹是认真的，我绝不是抱着玩玩的态度。请你将令妹放心地交给我！”

“我明白了，不过，对于我这个‘妹妹’的情感世界，我一向很尊重她的个人意愿。但是既然想要旅行，那自然要准备充分一些才好，你先回去吧！”皇甫彦爵的薄唇勾起，一丝冷意渗进黑眸。

“真的？你同意了？太好了，连翘。”乔治脸上放光，“你大哥他同意我们俩在一起，而且也赞同我们去旅行了，所以你要好好准备一下哦，我等你电话！”

连翘有些睖睁了，不知道应不应该点头，不过，他刚才好像笑了，那就是同意了？心，竟然有些小小的失落……

冷冷地望着乔治的背影，皇甫彦爵一脸阴鸷地转身对连翘说：“给我上车！”低沉的声音如同鞭子般抽在她的心上！

连翘几乎是被连拖带拽扔进了房间，房门被甩上，整个房间都在晃动。

“你现在的胆子真是越来越大了！”低沉的声音不再优雅浑厚，而是再也压抑不住的愤怒。

“我怎么了？你说我怎么了？”她一蹦老高地站起身来，仰着头无所畏惧地对视着他危险的黑眸。

“谁允许你擅自跑出别墅的？”

“你这个人真的好奇怪耶，腿长在我自己身上，我出去散心又怎么了？难道要留在这里被你打死不成吗？”

“散心？”皇甫彦爵脸上神情更阴沉了，“我看你是出去约会更确切些！那个愣头愣脑的毛头小子是谁？给我说！”

连翘小嘴一撇，用极度骄傲的口吻说了句：“乔治是我的男朋友！”

“啪！”皇甫彦爵的大掌一下子拍在了桌面上，摆放在上面的古董花瓶摇晃了几下后应声而碎。

连翘随之扬起尖叫声！

“闭嘴！”皇甫彦爵见她惊悚的模样后更是来气了，他这一巴掌又没打在她身上，号什么！

“皇甫彦爵，我不要再待在皇府了！”她干脆朝他大喊。

“离开？休想！”皇甫彦爵大手狠狠捏住她的双肩，满脸的阎罗之气。

“我又不是你的家人，你凭什么管我？”

“离开这里跟着那个笨蛋去旅行？”

“乔治学长不是笨蛋！”

“你给我听着！”皇甫彦爵不耐烦地打断了她的话，生冷的语气中带着不容拒绝的命令，“我不管他是不是笨蛋，总之，给我结束你们的关系，你也别妄想去跟那个家伙旅行！”

“皇甫彦爵，你出尔反尔！”

“我出尔反尔？”皇甫彦爵竟扬声一笑，倏地俯身将额头抵住她的头，“你不提醒我还忘记了，是你对那个笨蛋说我是你哥哥？”

熟悉的男性气息随着她的一呼一吸进入了她的全身细胞。她不自然地将头扭到一边，赌气地说了句：“你比起我的那些堂兄们差远了，还整天以一副兄长姿态来教训我！”

“兄长的姿态？”皇甫彦爵的笑容更放松了，两眼却越发寒冷，“你认为我和你像兄妹关系？”

连翘看着他阴晴不定的俊脸，不敢轻易回话。

他没有再说话。紧接着，他缓缓地俯下头，优美得无懈可击的唇轻轻压在她的唇瓣上……

“哦，我差点儿忘了，我不会再让你们两个人见面，至于你的‘心意’，我会亲自替你向他表达！”皇甫彦爵笑了，很轻柔，连轻抚她长发的力量都很轻柔，就像惑人的情人般。

“彦爵，开门！”从门外纷杂的脚步声中不难听出来人不少。

烦躁的情绪再度蔓延在他的脸上，他几个大步上前，霍地将房门打开。

一群人首先看到了碎了一地的花瓶……

“彦爵，你这是做什么？连翘！”展初容率先尖叫了一声，连忙四处寻找。

“浑小子，你竟然学会打女人了？堂堂皇甫家的脸被你丢尽了！”皇甫御风见状，气得直吹胡子。

“父亲，我没有！”

“大哥，你的确有点儿暴力啊，我未来的大嫂没事吧？”老三皇甫彦廷脸上挂着夸张的神情。

皇甫缨轻轻搂住皇甫彦爵的胳膊，小手轻抚在他皱起的眉头上：“哥哥，不要生气了！”

展初容搂住连翘走出了房间，一脸不快地看着皇甫彦爵道：“你是不是又吓她了？难道你看不出她胆子很小吗？儿子啊，后天我和你父亲就去马来了，你能不能让我们省心些呢？”

“后天去马来？”皇甫彦爵微怔一下，时间定下来了？

“早点儿把你们的婚事定下来早点儿让我们省心！”皇甫御风一语中的地说道。

连翘不语，心里却因为委屈忍不住哭了起来。

“好了，连翘，乖啦，不要哭了，告诉我，彦爵他怎么欺负你了，我们都帮你出气！”展初容是最见不得别人哭的，看她哭成这样，简直心都碎了。

连翘抽泣着胸无城府地说：“我和乔治都约好了，要一起旅行的，他不让！”

“乔治？”除了皇甫彦爵外，所有人都愣了一下。

“乔治是谁？”展初容心中竟然泛起淡淡的不安。

连翘倒是不隐瞒，大大咧咧地说了句：“乔治是我学长，我的男朋友！”话一出口，引起一阵惊异。

老二皇甫彦廷率先反应了过来：“他是你男朋友？”他极为同情地看了看大哥，也明白那只花瓶碎掉的原因了。

“连翘，你真的交男朋友了吗？可是，你不应该这么做的……”皇甫缨小心翼翼地说。

“为什么？”连翘不理解。

皇甫缨被她问愣了，看了看连翘，又看了看大哥，大哥的神情令她很心疼。

展初容不着痕迹地打量一下儿子肺快要被气炸的神情，脸上露出了然于心的笑意。她轻拉连翘的小手：“连翘，你爱乔治学长吗？”

连翘愣了一下：“我喜欢乔治学长！”

众人惊呆了，皇甫彦爵额上的青筋都快要气爆了。

展初容将儿子的神态完全纳入心底，难道……想到这里，她突然下了一个决定：“连翘啊，原来你有喜欢的人了，那很好啊，伯母恭喜你！”

“母亲。”皇甫彦爵惊呆了，瞪大了眼睛看着展初容，而其他人也大眼瞪小眼地看着她。

连翘一听自然高兴：“伯母，那这么说我去旅行也没问题了？”

“当然没问题了，这是你的自由嘛！”

连翘不由得得意洋洋看着皇甫彦爵：“喂，皇甫彦爵，连伯母都同意了，你就管不着我了！”

所有人都将目光转向皇甫彦爵，见他一脸的肃杀神情。

“这事我还管定了！想跟那个笨蛋去旅行？下辈子都不可能！”说完一把将她重新拎回房间。

“喂，你干什么？放开我！”连翘慌了。

“你给我老老实实待在这个房间里，敢走出半步你试试看！”皇甫彦爵将她甩到房间里后，将房门“砰”地关上，大手紧紧箍住门锁。

“放我出去，放我出去！”连翘拼命地捶打着房门。

“来人！”皇甫彦爵一声冷喝。

几秒钟的时间，几个训练有素的保镖便出现在他面前。

“给我看住她，不准她离开房间半步！”

“是，皇甫先生！”

“彦爵，你？”皇甫御风张了张嘴巴，却被展初容阻拦了下来。

一群人无语地回到了主厅。

“彦爵啊，你刚刚也听到了，连翘已经有喜欢的男孩子了，我想我们皇甫家还是不要强迫你们的好！”展初容笑了笑，喝了一口茶。

“母亲，您什么意思……”皇甫彦爵惊愕，并没有察觉到自己的语气中竟有一丝失落……

“意思很简单啊！”展初容将茶杯放下，“彦爵，其实我和你父亲都明白你的心思，你不想结婚，不想被束缚。刚开始我的确有强迫你的意思，还以为那个丫头对你有感情，今天我才知道，原来人家已经有了喜欢的人。你们两个人一个是襄王无意，另一个是神女无心，还让我和你父亲如何撮合呢？所以，我们皇甫家和马来王室的联姻还是算了吧！”

“算了？”皇甫彦爵陡然站起身来，脸上有着感觉不可思议的神情。

“没错，我也赞成你母亲的决定，这种事情强求不来，我看就算了吧！”皇甫御风听妻子一说，一下子也明白了她的心思，马上附和道。

“彦爵，你神情似乎不对劲？”展初容故意说道。

“哪有什么不对劲！”皇甫彦爵大手拢了拢头发，心不在焉地应了句。

“一切就这么定了吧，彦爵，你这样关着连翘属于非法拘禁，被马来王室那边的人知道了像什么话，赶快放了她吧！”展初容摆了摆手。

皇甫彦爵张了张嘴巴，神情异常复杂。

就在这时，一名保镖慌张地来到主厅：“皇甫先生、连翘小姐她、她跳窗逃跑了！”

“啪！”皇甫彦爵一掌击在茶几上，脸上的神情阴鸷无比。

连翘，你简直是活腻了！

——上集完——